★この作品はフィクションです。実在の人物・
団体・事件などには、いっさい関係ありません。

夜桜さんちの大作戦

Mission: Yozakura Family

おるすばん大作戦編

原作 権平ひつじ

小説 電気泳動

小説 JUMP j BOOKS

夜桜さんちの大作戦　おるすばん大作戦編　人物紹介

夜桜　六美

夜桜家の三女。忍の能力者を産む夜桜家の当主として、兄妹達に守られて暮らしている。

朝野　太陽

事故で家族を亡くし、人見知りになった高校生。唯一話せる幼馴染の六美と結婚した。

夜桜　凶一郎

夜桜家長男。実力、人気共にナンバー1のスパイ。昼川と名乗り高校の教頭も務める。

辛三

夜桜家次男。武器のスペシャリスト。

二刃

夜桜家長女。合気道と柔術の達人。

七悪

夜桜家四男。
怪力にして医術に特化。

嫌五

夜桜家三男。あらゆる者に
化ける変装の名人。

四怨

夜桜家次女。
ゲーマー兼天才ハッカー。

アイさん

元「タンポポ」の構成員。
現在は夜桜家に住んでいる。

切崎　殺香

尾行と暗殺のプロ。夜桜家の
メイドとして家事もこなす。

ゴリアテ

夜桜家の愛犬。

Story.

事故で家族を亡くした朝野太陽は、
幼馴染の夜桜六美にのみ心を許していた。
ところが六美の家は忍の血を引くスパイ一家であった！
妹を溺愛する凶一郎から暗殺されないように、
太陽と六美は結婚することに！
小説版第２弾となる本書では、
漫画では読むことのできないここだけの任務が続々と描かれる！
七悪はりんねと学校に潜む謎の生きものを捜索したり、
四怨は辛三とVRゲームのなかで殺人事件に遭遇したり、
嫌五がこっそり猫を飼おうとしたり、
太陽と六美は世界一周クイズ大会に参加したり……
小説でも夜桜家は大忙し！

夜桜さんちの大作戦 contents
おるすばん大作戦編

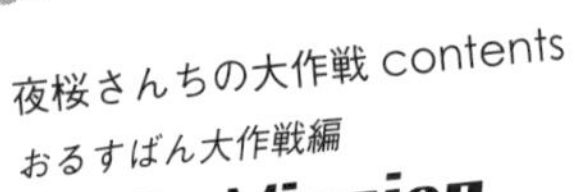

To Do Mission

七悪とりんねの文化祭

Mission:
Yozakura Family

ブゥーン……。

ガサ。ゴソ。

シィイイイ。

ポンプの駆動音。何かが蠢く音。鳴き声。

喧噪は遠く、薄暗い部屋に響くのはそんな音ばかりだった。

黒板には大きく「生き物たちが驚くので、静かに見てください」と書かれている。

「……お客さん、落ち着いてきたね」

長机を置いただけの簡易受付に座る七悪が言った。変異を抑えた「学校モード」の彼は、普段のバケツを被った大男の姿でなく、同年齢の平均身長よりだいぶ小柄な少年の姿をしている。薬で組織を変化させているその身体は不安定で、青い瞳を囲む白目は右目だけ黒く染まり、サイズの安定しない身体は、学ランの袖を余らせていた。

「うん」

一方その七悪の隣、首に巨大なニシキヘビのバジリスクを巻き付けた普通（？）の女子高生、北里りんねは短く答えた。彼女は受付に座りながらも、その目線は展示された生き物に油断なく注がれており、生返事は通常運転だ。

生物部では二人きりの彼らだが、今日はいつもと少しだけ違った。心なしか、足が軽くなったようなそんな空気は、遠くの笑い声が運んできたものだろうか。いや、七悪自身にも、胸が高鳴るような気持ちがあった。

何を隠そう、今日は七悪、そして太陽や六美も通う高校の文化祭。

在校生や卒業生、保護者はもちろん、近隣住民や他校の生徒も入場可能で、「祭」というにふさわしい盛り上がりを見せている。あちこちで活気あふれる展示やステージが行われ、特別な雰囲気に包まれていた。

スパイの身分や変異してしまう身体のリスクを押して高校に通う七悪にとって、目立つようなことはできなかったが、それでもこの空気を楽しんでいた。

そんな七悪が行うのは生物展示。りんねと二人、生物部で飼育している生き物を公開するものだ。部室をそのまま使用しているため、他の主要な展示からは離れた場所にある。そんな立地ながら、客入りはまずまずで、家族連れを中心に、開場から絶え間なく人が入っていた。

生き物たちのために書いた「お静かに」の注意書きが効果を発揮し、展示室は静かだったが、入場者たちの表情を見れば、楽しんでいることは明らかだった。

りんねと二人で受付をする時間は、七悪にとって穏やかな時間だった。身体や仕事のこともあり、いつか通えなくなるかもしれないこの学校の、このありふれた非日常を、七悪は満喫していた。

七悪とりんねは時折生き物についての質問に答えながら、午前の客を二人で捌き切る。そうしてお昼時になり、食事系の出し物に向かう人が増えると、やっと人の波も落ち着いた。

部屋には他校の生徒らしい一組のカップルと、受付に座る七悪とりんねだけ……いや、それとたくさんの生き物たちとなった。

小声で話しながら楽しそうにしていた彼らが、一通り見終えて出入り口の方へやってきた。

「ありがとうございましたー！」

七悪が人好きのする笑顔で挨拶をし、りんねが小さく会釈をすると、彼氏の方が声をかけてくる。

「あのー」

「はい何ですか？」

「何か、黒くてでかい珍しい生き物がいるって聞いたんですけど、それってどれですか？」

「黒くてでかい……そこのコウモリですかね？　そんなに大きくはないですが」

「うーん……そうなのかな。もっと手足が長いって言ってた気もするし、違う気が……」

彼氏の返事は曖昧だ。

「その話、どこで聞かれたんですか？」

「いや、さっき歩いてた時にそんなのを見たって話をしてる人がいて、なあ？」

彼は隣の彼女に同意を求めた。

「うん。興奮した感じだったから気になったんだけど……でも、ここのことじゃないのかも。私たちもちゃんと聞いたわけじゃないし」

七悪はもう一度考えるが、やはり思い当たる生き物はいない。

「そうですね……。少なくとも生物部で展示しているのはこれで全部なので」

「わかったありがとう。変な話してごめんね。展示おもしろかったよ」

「いえいえ、こちらこそありがとうございましたー」

七悪が人懐っこく手を振ると、二人も笑顔を見せて去っていった。

「七悪君」

「うわぁ、ち、近いよ北里さん」

見送りを終えた七悪の耳元でりんねが声をかける。相変わらずあらゆる生き物と距離が近い。

たじろぐ七悪も気にせず、りんねは続ける。

「さっきの二人の会話」

「ああ、黒くて大きな生き物のこと？　何なんだろうね」

「探しにいこう」

「ええ？」

突飛なことを言い出すりんねに驚く七悪だが、まだ見ぬ謎の生物への期待でキラキラになっている目に吸い込まれそうになる。

「見た人が興奮するような珍しい生き物ってことでしょ？　見てみたい」

「そうは言っても……あれだけの情報じゃ何のことかさっぱりだし、そもそもそんな生き物いないかもしれないよ？」

「でも、いるなら絶対に見たい」

「気持ちは尊重したいけど……展示の受付もしないと……」

七悪がそう言いかけると、りんねはササッと「離席中」の看板を入口に掲げ、展示室を閉め始めた。

「元々私と七悪君しかいないんだから、休憩中閉めるのは仕方ない」

どんどんと探しに行くための準備を進めるりんね。あっという間に撮影用のカメラと折り畳み式の網の採集セットを手にし、生物室の鍵を持っていつでも出られる状態になる。

「現代でも毎年一万種以上の新種が報告されているんだよ。可能性はあるんじゃない」

ニヤリと笑うりんねを見て、これはもう止められないなと悟る。彼女の生き物への興味は、いつだって気持ちのいいくらい真っすぐなのだ。七悪は少し困りながらも頬(ほお)を緩ませた。

「……ふふ。それもそうだね。わかった。じゃあ探しに行こうか」

言い切る前に、りんねは既に七悪の手を引いていた。

とはいえ、今のままでは何の手掛かりもない。部室に籠もっていた二人はひとまず文化祭を回ることにする。どんな企画があるかもいまいち把握していないのだ。
そういえば、家族たちも今日文化祭を見に来ているはずだ。彼らに聞いてみてもいいかもしれない。

そんなことを考えながら廊下を歩いていると、さっそく見覚えのある二つの影が見えた。筋骨隆々のたくましい身体ながら肩を丸めて縮こまる影と、小さい体に真っ白なゴスロリファッションでしゃんと立つ影だ。

しかし、その二つは何故か壁を背にし、動けないでいる。

「二刃姉ちゃん、辛三兄ちゃん」

声をかけると二刃が青ざめた顔で返事をする。

「あ、ああ七悪。生物部の展示をしてるんだっけね。この後行こうと思ってたんだが……」

「ちょっと離席中なんだ。また後で来てよ」

「そうかい……。ええと……、そちらの子は？」

「同じ生物部の北里さん。展示も一緒にやってるんだ」

「北里りんねです。こっちはバジリスクです」

きちんとペットのニシキヘビも紹介しペコリと頭を下げるりんね。しかし、二刃と辛三は生返事を返し、浮足立った様子だった。依然、何かを警戒するように壁に背をぺったりとくっつけたままである。

「……二人は何してるの？」

怪しすぎて逆にタイミングを逸していた七悪がついに尋ねた。二刃が答える。

「中庭で茶道部が茶会をやってるっていうじゃないか。それであっちに行きたいんだけどね」

「……あれ……」

「……あ」

言葉少なに辛三が指さす先を見て、七悪は事情を察する。

二人が目指すその先、中庭へと通じる道の途中には一年C組渾身(こんしん)の展示、「死ー組お化け屋敷」が大熱狂開催中だった。

無数の赤い手形。おどろおどろしい「呪い」の文字。理科準備室から拝借した人体模型など、学生ながらなかなかにクオリティの高い装飾が外観から怖さをアピールしている。教室内からは頻繁に悲鳴が上がっていて、そのたびに二人は身体をビクッとさせていた。

お化けが苦手な二刃と、怖がりな辛三には前を通るだけでも険しい道だ。

「引き返したらいいんじゃない？　ちょっと遠回りだけど、中庭には行けるよ」

「それが辛三がね」

今度は二刃が指さす先を見る。辛三が解説を加えた。

「『漆黒』とか、『堕(お)ちた』とかそういうワードを使うタイプの自作曲を演奏するゲリライブが始まっちゃって……」

　全身黒ずくめに、レザーグローブ、眼帯、髑髏を取り入れた、いかにもなファッションの男三人組バンドが、階段前の多目的スペースで演奏をしていた。

「懐かしいじゃないか。辛三もああいう曲好きでよく歌ってただろう？　確かオリジナル曲もよく聞かされ――」

「姉ちゃん」

　ガシっと辛三が二刃の肩を摑んで止める。七悪はこれもまた納得する。

「ああ、古傷の中二病が疼いて聞いてられないんだね……」

「う、言わないで……」

　見ると、何故か気だるげな雰囲気で歌う彼らだが、文化祭のノリもあってなかなか盛り上がっている。ただ、過去その黒歴史を通ってきた辛三に直視は難しいのだろう。

「耳を塞いで通ったら？」

「そんな、頑張って演奏している人に失礼だよ」

「その優しさは辛三兄ちゃんらしいけど……」

　ゲリラライブは盛り上がっていて、なかなか終わる気配がない。このままでは二人はここに縛りつけられたままだろう。

「前門のお化け屋敷、後門の中二病ね……。わかった、目をつむってついてきてよ。お化け屋敷の前を通ろう」

するとすぐさま二刃が七悪の後ろから両肩を掴み、その後ろに辛三が続いた。小↓小↓大のいびつな電車ごっこが出来上がる。

「助かるよ。持つべきものは優しい弟だね」

「うんうん」

そんな一連の様子を、りんねは変わった生き物を観察するときの目で見ていたのだった。

少し歩いて、お化け屋敷を越えたところで七悪が二人に声をかける。

「もう大丈夫だよ」

「ありがとね。……それと、北里さんといったね。さっきは雑な挨拶になってすまなかった」

ガタガタ震えてそれどころではなかった二人が、改めてりんねに声をかける。

「いえ、普段と違う七悪君が見れて面白かったです」

「そういわれるとなんかくすぐったい……」

いたずらっぽく笑うりんねと、恥ずかしそうに頬を掻く七悪を、二刃と辛三はほほえましく思った。

「遅れたけれど、あたしは七悪の姉の二刃だよ。七悪と仲良くしてくれてありがとうね」

「七悪君にはいつもお世話になってます」

「し、辛三です……。兄で……」

（あ、いざ話すと人見知り発動してる）

「お兄さんもどうも……兄？」

りんねは七悪を見て、同じ目線の高さで二刃を見て、大きく目線を上げて辛三を見て
……それを二周。首をかしげる。

「お姉さんは七悪君と似た体格だから遺伝なのかと思ったけどこれは……遺伝子の神秘？　後天的なものでここまで変わる？　哺乳類も存外面白い……」

「ああ変なスイッチ入っちゃった」

「うちの家族が言うことじゃないけどこの子も変わった子だねえ」

ぶつぶつと自分の世界に入っていくりんねを、二刃は母のような慈しみの眼差しで見た。

「まあいいさ。七悪の友達に会えてよかったよ。青春はあっという間だからねえ。今しかないって知っているのに、気付いたら過ぎちまってる。それが青春ってやつさ」

そう言って二刃は遠い目をする。

「なんて、言われても実感ないだろうけどさ。それもまた、若者ってやつだからね。ま、

年寄りのたわごとだと思って聞き流しておくれ」

「お姉さん、いくつ上？」

「五つ……」

「まだ二十歳なのに……」

りんねの感想に、七悪は苦笑いで返す。

二刃の言葉にうんうんと頷いていた辛三も付け足した。

「うん黒歴史だって、大切な思い出の一ページになるんだ。……だから七悪も、思うがまま生きていいんだよ」

「僕はそういうのないから」

七悪はきっぱりと言う。こっそり作ろうとした惚れ薬のことは笑顔の裏に隠して。誰に使おうとしたかは墓場まで持っていく予定だった。

茶道部の茶会に向かうという二人との別れ際、七悪は元々の目的を思い出した。

「あ、そうだ。僕たち謎の生物を探してるんだ。本当にいるかどうかもわかんないんだけど……」

「黒くて大きな生き物、見かけたり、話を聞いたりしてませんか？」

りんねが尋ねると、二刃と辛三は顔を見合わせ考える。

「……ううん、あたしらは見てないねえ」

「あ、でも……。さっきお化け屋敷のスタッフの人が『覚えのない黒いお化けがいた』って話を……」

「辛三なんでまたそんな怖い話をするんだい⁉」

「そういう怖い話って、怖いからこそつい聞き耳を立てちゃうというか……。でも、それがお化けじゃなくて、目当ての生き物なのかもと思って」

その話を聞いて、りんねは腕(うで)を組んで考え込む。

「こうなると、やっぱり何かはいそう……。どこかの展示ではなくて、校内を動き回っている？　暗闇を好む生物なのかも……」

自分の世界に入って考え込む彼女に、七悪は手を引きながら声をかける。

「もういないとは思うけど、お化け屋敷の人に話聞きに戻ろうか？」

ぶつぶつと思考の整理を続けながら、りんねは頷いた。

二刃がさらに付け足す。

「他の家族にも聞いてみたらどうだい？　みんな来てるよ。四怨(しおん)なんか得意分野だろう」

「じゃあ校内回りながら四怨姉ちゃんたちも探してみるよ。行こう北里さん」

「うん。お姉さん、お兄さん失礼しますね」

そういって去る二人の背中を見送りながら、二刃がしみじみと言った。

「いい子じゃないか。七悪も一緒にいて楽しそうにしていたし」

「そうだね。……一般人とのつながりは、維持するのも簡単じゃないから」

「しかし懐かしいねえ。学校なんていつ以来だろうね」

「卒業したのに校舎にいるとなんだかそわそわする……」

「あんたは外ならどこでもそうだろ」

「そ、そうだけど……」

「ほら、行くよ。手芸部にも行きたいんだから」

「あ、待って人ごみで一人にしないで」

七悪とりんねはお化け屋敷に戻ったが、大した目撃証言は得られなかった。念のため二人で中にも入ったが、やはりそれらしきものは見つからなかった。
(北里さん、お化け平気そうだったな。まあお化けを怖がる北里さんも想像できないけど。……怖がって、ちょっと悲鳴を上げて僕に抱き着く北里さん……いやいやないない、何を

考えているんだ僕は）

　そんなことを考えながら歩いていると、一際大きな歓声が上がった。

「うわ、何だ……コスプレコンテスト？」

　声がしたのは体育館からで、その入り口には「コスプレコンテスト」の看板が置かれていた。

　中を覗（のぞ）いてみると、男女問わずかなりの観客が入っていて、盛り上がりを見せている。

　すると突然、誰かが七悪の肩に手を回した。

「おう七悪～。いいところに来たな」

「うわ、って嫌五（けんご）兄ちゃん？」

　そこには黒猫の耳をつけ、いつも通りのにやけ顔をした嫌五がいた。

「そっちは友達か？」

「う、うん。同じクラスで部活も一緒の北里さん。こっちは嫌五兄ちゃん」

　七悪は併せてりんねに嫌五を紹介した。

「北里りんねです。この子はバジリスクっていいます」

　バジリスクの紹介もセットで行うりんね。会釈にあわせてバジリスクもシャーと鳴いた。

「兄弟一の美少年、嫌五でーす。よろしく～」

嫌五はピースしながら軽い雰囲気で挨拶する。

「りんねちゃんね……ふ～ん、なるほど」

相変わらずの笑顔で、七悪とりんねの顔を見て、嫌五は小さく呟いたが、二人には聞こえなかった。

「いいじゃんいいじゃん、七悪もコスコン見に来たのか？」

今度は聞こえる音量で嫌五が言うと、七悪が答える。

「いや、まずこんなのやってるのも知らなかったよ。高校の文化祭でこんな企画、よく通ったなあと」

「そこは俺らの力よ」

その声とともにヘッドバンドにマスクをつけた制服姿の男が、親指でドヤ顔の自分を指しながら現れた。

「……誰？」

「道端草助だよ！　銅級スパイの！　何度か夜桜邸にも遊びに行っただろ」

「あ～……ごめん興味ないです」

「覚えてないじゃなくて興味ない⁉　一応同じ高校の先輩なんですけど⁉」

落ち込む草助をおいて、嫌五が説明する。

「こいつの存在感を消す技・陽炎と、俺の変装があれば、企画一個通すくらいわけねえのよ」

「うわあ悪側だ」

「ハハハおもしれえのはこっからだ。見てろ、次だぞ」

七悪にやや引かれていることは全く気にしていない様子の嫌五がステージを見るよう顎で指す。言われるがまま七悪が目をやると、ちょうど今は出場者が順番に登場しているようだった。

司会進行役の女子生徒がマイクを力強く握りアナウンスする。

『エントリーナンバー四番！　飛び入り参戦、夜桜四怨さんです！　不思議の国のアリスモチーフ、頭の大きなリボンが可愛らしい、フリフリのエプロンドレスで登場だあ！』

「てめこら嫌五ぉ！」

袖から出てきたのは、アリスのコスプレをバッチリ決めた四怨だった。リボンカチューシャから、つま先の丸い黒のパンプスまで、少女らしい可愛さが詰め込まれている。明らかに嫌五チョイス（悪意あり）だ。

「何でこんなフリフリの可愛い系なんだよ！　もっとクールなやつとかあるだろ！」

四怨特製指向性スピーカーで、舞台上からの文句は嫌五たちだけに声が届いている。

怒りと恥ずかしさで顔を真っ赤にする四怨に対し、嫌五は涼しい顔だ。

「いや～似合ってるぜ四怨。四怨という素材にはやっぱり可愛い系が一番だな」

「どこがだ！」

納得いかない様子の四怨をよそに七悪が嫌五に尋ねる。

「ていうかそもそも何で四怨姉ちゃんが出てるの？　うちの生徒じゃないのに」

「お祭り感ある企画にしたかったからな。飛び入り参加、部外者もＯＫの何でもあり大会にしたんだ。んで四怨に『ラストティーン目前だと、高校生のまぶしさには負けるんじゃね？』って言ったら『やったらぁ！』って」

（うちの兄ちゃん姉ちゃんは何でこうも簡単に挑発に乗っちゃうんだろう……）

末っ子の俯瞰(ふかん)は、兄姉の弱点を冷静に見抜いていた。

「結局、在校生はいなくて参加者のほとんどがふざけた近所の大学生とかだけどな。俺にとっちゃお姉さま方も最高だが」

草助が聞いてもいないのに補足して、七悪は無視をした。

すると嫌五は七悪と肩を組んだままぐっと顔を近づけ、ささやく。

「それに、高校生は、クラスに自分だけのアイドルがいるもんだろ？　こんなんで順番つけたってしゃあねえ」

「……何のことだか」

七悪は嫌五から目線をそらすが、ちょうどその先にいたりんねに目が留まった。意外にも興味深そうにステージをじっと見ている。

「もっと早くに知ってれば……」

「えっ⁉　北里さん出る気だったの⁉」

まさかの発言に驚きつつ、七悪の脳内にはいろんな服装のりんねが現れた。ゴスロリ、チャイナドレス、ヘビの着ぐるみ、カエルの着ぐるみ、ワニの着ぐるみ……。

「バジリスクにヤマタノオロチのコスプレさせたかったなって」

「ああ……さ、流石に認められないんじゃないかな……」

りんねの言葉で我に返った七悪だが「そこは文字通りバジリスクのコスプレじゃないんだ」というツッコミは浮かばなかった。

『それでは一次審査に入ります！　評価項目は第一印象。容姿だけでなく、登場時の振舞い、衣装なども評価点です』

大会は進行していき、参加者に点数がつけられていく。

「は～たのし。あとは四怨が優勝して終わりか」

満足げな嫌五が呟くと、四怨の点数が発表される。

『気合の四番、夜桜さんの点数は……八点！』

「ん？」

『高得点ではありますが……惜しくも満点は出ませんでした。現在二位です。審査員の校長先生、コメントお願いします』

（審査員校長なの……）

謎の人選に思えたが、会場は何故かすんなり受けいれていた。

まるで入学式や始業式のような自然な収まり具合で座る校長が一礼からコメントする。

「はい。四番の夜桜四怨さん。素晴らしいクオリティの衣装です。これが単なる衣装コンテストなら、満点でもよいのでしょう。ですがこれはコスプレコンテスト。キャラクターになりきる、という点では、恥じらいが見えたのはいただけない」

落ち着きのある低音ボイスが、それっぽいことを言う。

「私は教育者として、出題からズレた解答に、花丸をつけることはできないのです」

会場はそのコメントにうなったが、納得しない者が一人いた。

「おいおい視野が狭いんじゃねえか？　これもコスプレの魅力だろうが！」

兄弟大好き夜桜家、しかも衣装をプロデュースした嫌五その人である。

「コスプレは表現だ、変装じゃねえ。行きつく答えは無限にある。四怨という中身の人間が、衣装というガワをまとうことで生まれるマリアージュ、それだってコスプレの醍醐味の一つだろ。可愛い服に抵抗があって恥じらいを見せる、そんな四怨のいじらしさまで含めての魅力だコラァ！」

「私がルールブックだ、黙りなさい。皆さんが静かになるまで何分でも待ちますよ」

「大人気ねえな！」

「悔しかったら……二次審査で私の評価を覆してみなさい」

「やったろうじゃねえか！　うちの四怨が一番ってとこみせてやらあ！」

（ああ、嫌五兄ちゃんも煽り耐性ないなあ。そして、四怨姉ちゃんも褒められて顔真っ赤だ）

　脳内ツッコミに忙しかった七悪がふと我に返る。

「……ごめん、北里さん。カオスで……」

「え、なに？　聞いてなかった」

　りんねは首に巻いたバジリスクにどんな衣装を着せるかを考えるのに夢中で、ホモ・サピエンスの美醜には無関心だった。

　こっちもこっちだなあ、と七悪は思うのだった。

「認めましょう……優勝は夜桜四怨さんです」

「「うっしゃあ！」」

嫌五プロデュースの様々な別衣装をまとい、二次審査のポーズ審査を乗り越えた四怨が、ヒートアップして自らも壇上に上がった嫌五と力強いハイタッチを交わした。

まるで生徒の卒業を見送るかのような晴れ晴れとした表情の校長からトロフィーを受け取り、見事四怨の優勝で大会は幕を閉じる。

大会を終えた四怨と嫌五を七悪が出迎えた。

「おめでとう四怨姉ちゃん。何を見せられたんだという気持ちもあるけど」

「嫌五のおかげだな。まあそもそも嫌五のせいだけど」

「いいじゃんいいじゃん優勝したんだし」

反省の「は」の文字も見えない嫌五は、むしろ満足げだ。

後半の盛り上がりには流石のりんねも注目していて、四怨に拍手を送った。

「とてもきれいでした。もしバジリスクが出ていてもあなたには勝てなかったでしょう」

知らない人からの独特な賛辞に、四怨は戸惑いと恥じらいを半々にしながら答える。

「お、おう……ありがとな。ええと、七悪の友達か？」

「北里りんねとバジリスクです。七悪君と、あなたのことを探していて……」

「ああ、完全に忘れてた！　ちょっと四怨姉ちゃんに探し物を頼みたくって」

りんねの言葉で謎の生物のことを思い出し、七悪は事情を説明する。

「黒くてでかい、校内に潜む生き物？　情報がふわっとしてんな。んーまずは聞き込みするか」

すると四怨はタタッとスマホを操作した。

「校内にいる人間のスマホのメッセや呟きを一斉に集めて、関係ありそうなワードを抽出した。……見たってやつは確かに何人かいるな。だが、ほとんどが黒い影を見た程度だ。こりゃすげー素早い生き物かもな」

それを聞いて嫌五が推理する。

「黒くて速い生き物なら、アイさんかゴリアテじゃね？　殺香が連れてきてるぞ」

「確かにその線はあるかも……」

言われてみれば、そんな生き物が実在するとすればスパイ関係というか、裏社会関係の可能性は高い。

「北里さん、見に行ってみる？　哺乳類だけど……」

「ここまで来たら確かめたい。未知の生き物の可能性もまだあるし」

哺乳類への興味は薄いりんねだが、この際そこは問題ないようだった。

そこでやっと四怨が気付く。

「てか悪い。自己紹介が遅れたな。あたしは四怨。七悪の三つ上だ」

「おいおい四怨まだ名乗ってなかったのか。七悪のガールフレンドに失礼だろ～」

「ちょ、嫌五兄ちゃん⁉」

瞬間、七悪が顔を赤くする。

「北里さんはただのクラスメイトというか友達というかええと哺乳類には興味がないし……」

「七悪君は興味深いです」

「ほえ、北里さん⁉」

うろたえる七悪に対し、りんねはクールだ。

おお、と盛り上がる姉と兄。

「七悪君、変態できますよね。普通じゃない生き物……気になる」

「そ、そういう意味ね……あ、あはは」

恥ずかしそうに頰を掻く七悪に、大事なことだよ、と力説するりんね。

「お兄さんたちもやっぱり変態できるの？　先天的？　後天的？　普段の食事は何を――」

「ああ、もう行こう北里さん！　目当ての生き物はきっとこっちだよ」

質問攻めに発展しかけるりんねを相手にしながら、七悪はアイさんたちを探しに行った。

そんな二人を見送る四怨と嫌五。

「『甘ずっぺ〜』」

「やっぱいいな高校生」

「俺たまに潜入してるぜ、趣味で」

「なんの趣味だよ」

「学ランの俺とか需要ありまくりだろ」

「ナルシうぜー」

なんて会話をしながら、二人は文化祭を再び回り始めた。

「……あれ、また俺忘れられてる？」

いつも通り存在を認識されなくなった草助が、その場に取り残されたのだった。


七悪が殺香に連絡を取り、合流した教室の展示内容は、手作りジェットコースターだった。文化祭では定番の企画だが、これは一味違った。

「ハッハッハ！　ぽぽっぽ本舗の技術の粋を集めれば、校内に遊園地顔負けのジェットコースターを作るなど容易いこと！」

表向きは世界的玩具店、裏では犯罪コンサルを営む「ぽぽっぽ本舗」の三代目社長、鳩田飛鳥。六美を追って転校までしてきた彼も、文化祭では思う存分活躍していた。

世界最高峰の技術を以て一夜にして作られたコースターは、当然文化祭レベルを超えている。

レールはあっという間に窓から教室を飛び出し、五階建て校舎の更に上、高さ三十メートルに達する。最高時速は二百キロ、ループが七回もある、全国で見ても指折りの本格コースターだ。

（この学校、改めて裏稼業の人間多いな）

七悪はため息をつくが、ジェットコースターは特に子供に大人気のようで、小学生以下の子供たちで長蛇の列ができていた。

鳩田は七悪に気が付いたが、突っかかってくることはなかった。

「生憎今日は夜桜に構ってる暇はないんだ。……ほら、もうすぐ順番ですよ。シートベルトはしっかり締めてくださいね」

表向きのカリスマ社長モードで自ら接客する鳩田。曇りのない笑顔が子供たちに向けられ、子供たちも満面の笑みを返している。

世界中の子供たちを笑顔にするのが夢。鳩田のその発言は、嘘ではないようだった。

六美を襲った件も嫌五のバルーン人形「ケンゴちゃん」の製作に協力することでチャラということになっている。七悪から絡む理由もないため、そっとしておくことにした。

すると、丁度ジェットコースターからアイさんが戻ってきた。興奮で毛を膨らませながら降りてくる。ふさふさの耳やしっぽも、文化祭の雰囲気のためか受け入れられていた。

「アハハハハハもっかいのるー！」

地上に戻ってからも笑いが止まらず、アイさんは目をキラキラさせていた。休憩など挟まず、列の後ろに再び並ぶ。

「あらあら、またですか。もう十三回目ですよ」

「ゴル」

保護者の殺香とゴリアテがそんなことを言いながらも、笑顔で一緒に並んだ。殺香は制服ではなくメイド服姿で、保護者としての来場だ。身体の大きさを変えられるゴリアテは中型犬サイズでいる。

「この通り、私たちはずっとここにいたので、その生き物とは無関係だと思いますよ」

というのが、謎の生き物についての殺香の回答だった。

「こんなに興奮しても狼(おおかみ)化していないですし、アイさんはとってもいい子にしてくれていました。ゴリアテ様も傍(そば)で見てくれていましたし」

「そっかあ」

アイさんが激しく動いたところをうっかり目撃され、勘違いが噂(うわさ)に……ということもなさそうだ。

りんねが、列に並ぶアイさんの隣にしゃがみ、目線の高さを合わせた。そして犬にやるように顎の下をなでた。

「わふぅう」

アイさんが気持ちよさそうに鳴いた。

「何だか犬みたいな子だね」

「北里さん、哺乳類も手懐(てなず)けられるんだ」

「珍しくないから特別興味ないだけで、生き物全般好きだし。扱いは慣れてるよ。生物部にもネズミとかいるじゃん」

「あ、確かにそうだね」

犬とか猫とか、ペットとして王道の動物と仲良くしている姿が見慣れなくて、七悪はつい気になってしまった。

だって、首に常にニシキヘビ巻いて授業受けてるような子だし……。こう言うと、全然一般人側じゃないな。そう思う七悪だったが、そんなところも憎からず思っている。

「七悪様、北里様。生き物をお探しなのでしたらご提案が」

殺香がそう言うと、りんねは意外そうな顔をした。

「あれ私まだ名乗ってないのに」

「殺香はこの学校に通っていましたから。六美様と太陽様に関わる可能性のある方はすべてチェック済みです（そして不届き者は処理済みです）」

「そうですか。すみません私は先輩のこと見覚えないです」

物騒な言葉が重なって聞こえたが、七悪は無視することにした。

「うふふ、構いませんよ」

「まあ北里さんは哺乳類基本眼中にないし」

「む、失敬な。七悪君のことはちゃんと見てたでしょ」

「え、ええ？　そうかな」

「そうだよ。七悪君こそ私のこと見てないんじゃない？　さっきも私があの子をなでるのに驚いてたし」

「えーそんなことないよ」

「そうかな、あはは」

そんなやり取りを見て、殺香とゴリアテも微笑(ほほえ)む。

「それで、ご提案というのはですね、アイさんの嗅覚を頼られてはいかがでしょうか」

「確かに、それはいい考えかも」

七悪が納得すると、りんねが興味を持つ。

「この子、鼻もいいの？」

「ええ、それはもう」

りんねがなでなでを続けていた手を止めて、アイさんに問いかける。

「君、お願いしてもいい？」

「ヘビのお姉ちゃんのお願いなら聞く～」

すっかり懐いて上機嫌のアイさんが、目を閉じてすんすんと鼻で息を吸う。

「くんくん。う～ん、そんな変な生き物の匂いはしないよ」

「変っていうと？」

七悪が質問する。

「ドラゴンとか巨大グモとか！」

「え、いるの？　どこ？」

「いないいない」

七悪はすぐに否定した。裏社会で非合法に生み出された合成生物（キメラ）の存在に興味を持ちかけたりんねを、慌てて止める。

存在するとわかったら、りんねは危険を顧みずにどこまでも行ってしまいかねない。

七悪はいい感じに話の軌道を修正する。

「普通に、日本（にほん）でよく見かけるような生き物しかいないってことか」

「ゴル」

「ゴリアテ様も同意見のようです」

「なるほど。うーん、これだっていう手がかりはなかなか掴めないなあ」

腕を組んで悩む七悪だが、りんねはしれっと言った。

「そう？　ヒントはたくさんあるじゃん」

「え？」

「『黒くて大きい』『人目を避ける』『素早い』そして、『見たこともないような生き物ではない』これだけあれば――」

「それよりいいにおいいっぱいする！　アイさんおなかすいた！」

アイさんがぐずるように話を切った。

殺香がうれしいような困ったような微妙な表情をする。

「……流石にそろそろ、太陽様と六美様の教室に行かないとですね」

「あれ？　まだ行ってなかったの？」

「ええ、その、私の心の準備が……」

「心の準備？」

「はい。何といっても太陽様と六美様のクラスは……ああ、口に出すのも恐ろしい！」

頭を抱えて喚（わめ）く殺香。

「とはいえ、行かない選択肢はないのです！　見なければそれこそ死んでも死に切れません！」

邪念を払うようにその頭を振って、前を見据えた殺香の目はギンギンにキまっていた。

それは死地に向かう覚悟の目にも、クリスマスプレゼントを前にした期待の目にも見えた。

「「お帰りなさいませご主人様」」

「きゃあああああああああばばばばばっ！」

出迎えた太陽は執事服、六美はメイド服姿だった。

殺香は卒倒した。

「殺香⁉」

「しっかりして」

「……はっ！　ぐはっ！」

太陽に抱きとめられた殺香は、六美に声をかけられ一度目を覚ましたが、太陽の腕の感触と、心配そうに自分を覗き込む二人の顔を見て再び気絶した。

しばらく彼女の意識は戻らないだろう。

絵画のような、安らかな寝顔だった。

これはだめだと悟った太陽と六美は、殺香をそっと座席につかせておいた。

ここは二年C組の企画、メイド執事喫茶。

「六美、殺香みたい！」

アイさんがしっぽを振る。

黒のロングワンピースに、真っ白なフリルエプロンのクラシカルなメイド服。藍の黒髪や、夜桜家当主という境遇も相まって、気品を感じさせる。仕える立場の服装でありながら、高貴な身分であるかのように思えた。

「お嬢様、どうぞこちらへおかけくださいませ」

「六美、変なしゃべり方ー」

「ふふ。アイさんにはまだ早かったかしら」

そう言いながら、アイさん、七悪、りんね、ゴリアテを席に通す。

すると太陽がメニューを持ってきた。厚く、高級感のあるメニューだ。

「ご注文はいかがなさいますか」

黒のタキシード姿で、首元には黒の蝶ネクタイ。ポケットチーフはオーソドックスなスクエアフォールドで、すっと伸びた背筋からは凛としたものを感じさせる。

六美は貴族がお忍びで変装するも格式高さがにじみ出てしまうような感じだったが、対して太陽は実直で信頼のできる従者といった雰囲気が漂っていた。

その太陽の姿に一番興奮しているのは客ではなく妻だった。

「スマイル一つ！　言い値で買うわ！」

「何で六美が注文するんだよ」

「だって……何度見てもいい」

ツッコみながらも穏やかな笑みをたたえる太陽と、さっきまでの上品さはどこへやら、よだれをじゅるりとする六美。

そんな兄と姉の変則ラブも見慣れた七悪が微笑む。

「楽しそう。いい企画になってよかったね」

「私の政治力を以てすれば、文化祭企画の票を集めるくらい簡単なことよ」

夜桜当主として培われた能力が悪用されていた。七悪がチラと夫を見ると目をそらされる。楽しそうな妻を止めることはできなかったらしい。

話を変えるかのように、太陽はりんねに声をかけた。

「北里さんもいらっしゃい。ごめん、生物部の展示、手伝えなくて」

「構いませんよ。幽霊部員でいいと言ったので」

以前、りんねの勢いに押されて入部し、太陽は生物部に在籍したままなのだった。

「いやいや、ここは奢(おご)らせてくれ」

「そうですか。じゃあお言葉に甘えて、ケーキセットひとつ。ミルクティーで。あと卵があればバジリスクにあげたいです」

「かしこまりました」

恭しく頭を下げる太陽。入部以降絡みのない二人だが、悪くない距離感のようだった。

七悪も注文を決め、太陽を呼ぼうとした。

「太陽にいちゃ……あ、いや」

そこで七悪は言いよどんだ。

表社会では、六美と太陽は結婚していない。よって、七悪と太陽が家族であることも秘密となっている。

りんねには変異中のほぼ致命的な場面を目撃されていたが、一応そのあたりの情報は伏せていたのだった。

「…………」

しかし。

「ううん、太陽兄ちゃん」

「……」『七悪、いいのか？』

太陽は気を遣い、瞬きのモールス信号で尋ねる。

しかし、七悪は口頭で返す。

「うん。北里さんの前では、隠したくないと思って」

七悪がそう言うと、太陽は少し驚いた顔をしてから笑った。六美に目配せすると、彼女も頷く。

「七悪がそうしたいと思うなら、いいと思うわ」

「ああ、そうだな」

「ありがとう、六美姉ちゃん、太陽兄ちゃん」

一人ずつ目を見て、七悪が礼を言った。

七悪は居直り、りんねに向き合う。

「太陽兄ちゃんも、僕の家族なんだ。改めてだけど」

「ふうん」

あっさり、といった様子で、運ばれてきたミルクティーを口にする。

「まあ、なんとなく察してただろうけど」

「うん。今更驚かないよ。驚いてほしいならやってみるけど。エーソウダッタノ」

「いや、別にそういうわけじゃないけど……」

「七悪君はいろいろ事情があるみたいだけど、私は気にしないよ」

重要なことを言うのではないというのを示すように、りんねはバジリスクをなでながら、さらりと言う。

「生物部にいてくれるなら。いなくなっちゃうんじゃなければ、それでいい」

七悪は笑った。

誰にでも、どんな生き物にでも分け隔てない優しさを持った女の子。スパイ一家に生まれた普通じゃない七悪の、普通の友達。

……普通というには変わったところがたくさんあるけれど。

それでも、立場の差は、いつか二人を引き裂くかもしれない。二刃が言ったように、青春はあっという間かもしれない。ならば、できるだけ。彼女に真っすぐ向き合っていたいと、七悪は思った。

「でも七悪君ち、大家族なんだね。みんな仲良さそうだった」

「まあ喧嘩(けんか)もしながらかな。いざというときは結束するんだけど。あと一人いる兄を止めるときとか」

言いながら、今日一日を振り返る。思えば変なところばかり見せてしまった気がする。

「結局見つからないね、謎の生物。この後も探す?」

「それなんだけど。よく見かけるような生物ってことは、今わかっている特徴から推測することはできるんじゃない」

りんねは腕を組み考えるようなしぐさをする。

「ずっと見つからないってことは、基本的に物陰とかに潜んで行動しているような生き物のはず。そして、肌寒(はだざむ)くなってきたこの季節に、そんなに速く動けるってことは恒温動物の可能性が高い」

首に巻いたバジリスクを軽くつつくと、バジリスクは首をもたげきょろきょろと辺りを見渡した。

「だったら、バジリスクの持つニシキヘビのピット器官で見つけられる。壁の中とか、天井裏とか、普通ではありえないところに熱源があれば……あ、あそこ」

バジリスクの反応を見て、りんねが指さしたのは背面黒板だった。

「……まさか。太陽兄ちゃん」

「ああ」

七悪が太陽に声をかけると、太陽は黒板に近づく。

数秒、じっと見つめて……上辺を掴み引っ張ると、水平軸でぐりんと、一回転。忍者屋敷のからくり扉のようになり、中から現れたのは——。

「……ふ。見つかったか」

「お兄ちゃん!?」

2-C
メイド

夜桜家最後の一人。長男の凶一郎だった。漆黒のスーツ姿で、これが高速で動けば「黒い影」と噂されるのも納得である。六美は叫んだあと、頭を悩ませるようにこめかみを押さえる。

「ずっと入り浸って離れないからお店出禁にしたはずでしょ」

「六美のメイド姿だぞ。出禁になろうが関係ない。盗撮するまでのこと」

「朝から何度も追い出してるのに」

「六美のメイド姿だぞ。不死鳥のように舞い戻って見せるさ。途中、他の兄弟の様子も見に行ったがな」

「ああ、それであちこちで目撃情報があったんだ」

七悪は納得する。

凶一郎は、二刃と辛三を脅かそうとお化け屋敷で待ち構えたり、コスコンを観戦したり、ジェットコースターの安全確認をしたりしていたのだ。

「結果、飲食を扱う企画で『黒いカサカサ動く影』は噂として最悪すぎる……」

六美は心底失望するようにため息をついた。

「あれが言ってたお兄ちゃん？　あれ、でもあれって教頭の……」

「いや長男はもういないんだ。数年前、不幸な事故でね」

「七悪⁉」

凶一郎がショックを受ける。

りんねには、家族みんな紹介したい。

でも、この人は必要ないだろう。少なくとも今は。

「……なんかごめんね。せっかくの謎の生き物探しだったのに、こんなオチで」

七悪は心からの申し訳なさで頭を下げた。

「なんで？　私楽しかったよ」

そういうりんねは、気を遣うといった風でもなく、当たり前のように言う。

「珍しい生き物じゃなかったけど、採集してるみたいで面白かったし」

「あ、虫取りとかそういうカテゴリで楽しんでたんだ」

「それに、七悪君の家族にたくさん会えたし。七悪君が面白い社会性を持っているってわかっただけでもよかったよ」

その笑顔を見れば、本心であることは明らかだった。

「もっと教えてよね、七悪君と、その家族の変わった生態」

「……うん」

七悪は頬が上気するのを感じた。

この子に、家族のことだけじゃない、裏稼業のこと、一族の秘密、全て打ち明けて、それでも変わらず接してくれる。

そんな、来るかもわからない未来を想像して。

名探偵四怨

Mission:
Yozakura Family

「……だぁああもう！　わっかんねえ！」

四怨は叫んで、ＶＲヘッドセットを無造作に外した。部屋着にしている襟の伸びきったＴシャツがはだけ、肩が覗いていた。

勢いそのままに仰向けに倒れると、ビーズクッションがその身体を受け止める。クッションに沈みながら天井を見つめるが、その瞳には何も映らない。頭の中は、様々な可能性を検索しているところだった。

「……意外なフラグ……隠しルート……どこか見逃し……くそ、やっぱまた最初から見直した方が……」

思考を整理するようにぶつぶつと独り言を呟いていると、ドアをノックする音がした。

「四怨？　ケーキ買ってきたけどいる？」

「アホほどいる」

辛三の問いかけに、身も心も糖分を欲していた四怨は即答した。

その返事を聞いて、筋肉の発達した上半身に、ミリタリーベストを直に羽織った大男が、その体格に似合わない可愛らしいケーキセットを持って入ってくる。

「仕事中?」

「おう」

言いながら体を起こし、トレーを受け取ると、そのまま床に置いて手づかみでケーキをほおばる。酷使した脳に嬉しい甘いチョコレートケーキだ。

ペロリと一つを胃の中に収めた四怨は、指に付いたココアパウダーを舐めながら説明する。

「最近いるだろ、謎の怪盗団とかいうやつら」

「ああ、美術品から機密文書まで、盗むのが難しいものばかり狙ってるっていう」

「その捜査依頼が来たんだ。やつらきっちり痕跡を消してやがるから、それを超えられるよう追跡プログラムを組んだんだが……」

四怨は任務遂行のためのプログラムを自ら組む。それは自作ゲームとなり、そのゲームをクリアすることでプログラムが実行される……のだが。

「クリアできない、と」

「そうはいってねえ!」

ゲーマーとしてのプライドが許さず、四怨は声を荒らげた。

「ご、ごめん……」

悪気はなかったがひどいことを言ったと思い、辛三が小さくなる。その様子を見て、四怨は頭をガシガシと掻いた。

「いや……はあ、悪かった」

彼女はケーキに付いてきたアイスティーをグイっと飲み干し、口元を拭った。同時に苛立ちも飲み込んで冷静になる。

「……今作は推理ゲームだ。証拠を集めて推理して答えを導き出す。あたしからすりゃ大の得意ジャンル、普段なら瞬殺だ」

飲み込んだものの代わりに長いため息が出る。

「なのに全く進まねえ。何故か証拠が集まらないんだ。推理ジャンルで詰まることなんてないから、逆に攻略法に困ってな……」

その様子に、辛三が声をかける。

「もしよかったらだけど、手伝おうか？」

少し控えめな申し出だった。

「俺、四怨みたいに頭良くはないけど、何でも言ってくれよ」

大得意の分野で困っている四怨に対し、自分が何かできるという自信はない。それでも、困っている家族には手を差し伸べる。辛三とはそういう兄だ。

「んー……まあ、どうせ最初からやり直そうと思ってたしな」

四怨はその手を取った。

「それに探偵の助手役は、頭が良すぎない方が都合いいし」

「ハハ……」

ニヤリ、からかうような笑みは、ふざけ半分、兄に背負わせすぎまいという気遣い半分だ。

「じゃあ頼むぜ、ワトソンお兄ちゃん」

「おお～」
辛三は手渡されたVRのヘッドセットをつけると、眼前に広がる光景に感動した。セルルックの3Dモデルで構築された世界で、奥行きがあり、まさにゲームの中に入り込んだような気分だ。自動車が走り、行きかう人々がスマホを持っていることから、現代の設定のようだが、石造りの街並みなど異国情緒を感じさせた。

「ほい、これ持って」

声を頼りに四怨からコントローラーを受け取ると、画面内でもその位置に腕(うで)が表示される。

「はい、ここ立って」

次に誘導された位置に立つと、足には別のコントローラーがベルトで装着された。その場で足踏みをすると、視界も前に進む。

ショーウィンドウに自分のアバターが映った。少し頭身は低いが、辛三の特徴をよく捉えたキャラクターがそこにいた。服装は、少し擦(かす)れた感じのブラウンのスーツ姿だ。

「似合ってるじゃん」

現実ではなく、ヘッドセットから声がする。声の方向を向くと、四怨のアバターがいた。鹿撃ち帽にインバネスコートという、いかにもというか、例の英国探偵の装いで堂々と立っている。

「四怨もね」

辛三がそう言うと、四怨はまんざらでもない様子だ。

辛三は手を振ったり、キョロキョロと辺りを見渡したりしてみる。

「推理ゲームでＶＲって新鮮かも」

「ああ。ベッドの下から棚の隙間まで隅々調べられる、リアルな捜査ができるんだ。……同時に難点でもあるんだが」

現実の隣でばたばた足音がすると、四怨のアバターが歩き出す。

「移動方法は基本歩きだ。行くぞ辛三。現場はここから一キロ先だ」

「あ、そうなんだ」

二人そろってその場で足踏みし、一キロ分を歩くのだった。

街並みやNPCはそれなりに作りこまれているようだったが、移動中は何のイベントもなく、ただ坦々(たんたん)と歩くだけの時間だった。

「リアルな移動時間って……ゲームには不要じゃやない？」

「この体感操作が売りだぜ。身体を使ったミニゲームだってある。それに、昔から言うだろ？　捜査は足で稼ぐって」

「それは探偵じゃなくて刑事だった気が……」

「そうだっけ。どっちでもいいや」

そんな会話をしながら、着々と足を動かす……が、四怨は深いため息をついた。

「ああめんどくせ。ここ歩くのもう五回目だしな……。辛三、こんな感じだから、移動は最低限で行くぞ。目的地までは常に最短ルート。建物内でも効率的に動く。低歩数クリアみたいなもんだ」

「何それ？」

「知らないのか？　ＲＰＧでよくある縛りプレイの一種だよ。寄り道しない、稼ぎもしない。歩かないことに魂をかけ、イベントも最小限で済ませる。ある種究極の効率化だ」

「何のために……」

「そりゃ面白いからだろ。方向性を間違った努力による効率化は、ゲームの醍醐味だ」

辛三は全く納得いかないようだったが、飲み込むことにした。

「まあすぐにタクシーも解禁されるからそれまでの辛抱だ」

足で稼ぐとは、どこに行ったのか……とも思ったが、それも胸にしまっておく。辛三の優しさの一つだ。

到着したのは、西洋風の立派な邸宅だった。広い敷地内には建物が複数見える。パトカーが何台も止まっていて、ＫＥＥＰ　ＯＵＴのテープが張られている。

「ああ！　どうもどうも四怨さん。よく来てくださいました」

前髪が大きく後退した広い額の汗を拭いながら、小太りの男が近付いてきた。

キャラクターの上には「ケーブ警部」という表示が出ている。単純というか……覚えやすい名前だと辛三は思った。

「ややあ警部。この名探偵が来たからには安心だ。現場の状況は？」

「いやあ、さっぱりでしてね。関係者が中にいますのでこちらへ。辛三さんも」

四怨は探偵キャラらしい口調で会話を進める。そんな彼女を見て、辛三は感心した。

「すごいな四怨。様になってる」

「……なりきりプレイ見られてるみたいでちょっと恥ずかしいんだが……お前もやるんだぞ」

「え、俺も⁉　む、無理無理無理。俺、人見知りだし……」

「いやＮＰＣだから。人じゃないから」

「でもこれ結構リアルだから……」

目をそらす助手の様子に、探偵はため息をついた。できないことを強いても仕方がないと四怨は諦め、辛三も静かにすることにした。

鉄の門を抜け、木々が切りそろえられた庭園を通って邸宅の中に入る。外観に負けず劣らずの綺麗(きれい)な内装で、絨毯(じゅうたん)も壁にかかった絵も恐らくすごい値段がするのだろうと思わせる。中も広く、あまりに部屋が多いので、各所の壁に地図があった。屋内プールやフィットネス施設、大浴場にシアタールームまであるらしい。

テニスコートくらいは優にありそうなホールを抜けた先、通されたのは物の少ない部屋だった。代わりに刑事が写真を撮ったり指紋を採ったりしていて、関係者らしき人たちが集められている。

「こちらが、今回盗難の被害に遭われた資産家のシサンカさんです」

警部に紹介され、シサンカと呼ばれた男が前に出てくる。シルクハットに口ひげを蓄え、上等そうなスーツに身を包んでいる。

「貴女(あなた)が有名な探偵の四怨さんかね」

事件に遭ったということで無理もないだろうが、疲れた顔をしている。それでも紳士的に握手を求めてきた。

「ああ、巷(ちまた)では街一番の名探偵で通ってる。よろしく」

少々偉そうにみえる態度で、四怨は握手に応じた。その後、辛三はぺこぺこと頭を下げながら応えた。

「それで、どんな事件なんだ?」

四怨が尋ねると、シサンカは「私が直々に説明しよう」と言って、話し始める。

このシーンも、四怨にとってはもう何度も見たものだ。だが辛三にとっては初見。メモを取り出して、事件についての整理を試みる。

「お二人にはぜひとも、私の大切なヘラクレス像の身体を盗んだ犯人を見つけ、取り返してもらいたいのだ」

　そう言って、シサンカが部屋の中央を指さした。何人かの警察が取り囲んでいる中心に、何かを飾っていたのであろう台座があった。

　そして。

「ひっ」

　辛三が小さく悲鳴を上げる。

　その台座の下には、銅像の生首が無造作に転がっていた。まるで殺人事件の現場かのようにチョークで囲われている。首の中の空洞が、こちらを覗いているかのようだった。

「このヘラクレス像は、私のコレクションの中でもお気に入り。この部屋を専用の展示室にするほどだ。しかし、盗まれるだけでなく、こんな姿にされるなんてな……」

　シサンカは俯いて、言葉を失った。

　代わりに警部が事件についての説明をする。

「盗まれたのは昨日十八時から二十時の間。その時間、この家ではパーティーが行われていました。普段出入りしない客が大勢入ったその日、事件は起こったのです」

「……となると、その客の誰かが怪しいか」

「その通りです」

独り言のつもりだった辛三は、警部からの反応にビビって肩を震わせた。

「その後の調べで、その時間帯に席を外し、アリバイがない客は二人に絞られたのです。こちらへ」

警部に連れられ、二人とシサンカは別の部屋に移動する。そこには華美なドレスをまとった女性と、白衣姿の男性がいた。

「美術商のアートさんと、医者のイシャーさんです」

紹介された二人それぞれの頭上に、名前が表示される。

思えば、取り調べしている警察たちには表示がなかったので、このネームプレートが、ゲームの主要キャラの証（あかし）なのだろう。

美術商のアートと名乗る女性は、高級そうなドレスに、いくつも宝石を身に着け、高慢そうな細い目をしていた。

「あーら、また変な人を連れてきたのねシサンカさん」

顔こそ笑顔だが、明らかに好意は向けられていない。シサンカも表情は崩さないが、どことなく空気の緊張を感じる。

険悪な雰囲気に辛三の顔が青ざめていくうちに、間を警部が取り持った。彼とアートの一問一答形式で、情報が整理されていく。

「まあまあ。アートさん、もう一度パーティー中に席を外された時のことを伺っても？」

「また？　……はあ。中盤くらい、十九時くらいかしら。ちょっと部屋が暑くて気分がわるくなってしまってね。夜風に当たってたのよ」

「コース料理の途中に？　一時間以上も？」

「私は成金だから。そんなマナーなんて身に着けていないの」

「外に出ている間、誰か一緒にいました？」

「いいえ、一人よ。誰にも会っていないわ」

　アリバイは無し、ということだ。ちょっと怖そうな相手に自分で会話しなくて済んだことにほっとしながら、辛三はメモを残す。

「君は日ごろからこのヘラクレス像を欲しがっていたね」

　シサンカが口を出す。

「そうね。素晴らしい作品だわ。これのためならいくら出したって、それより高い値で買いたい人はいる」

「だが私は応じなかった」

「ケチね」

「だから盗んだのかね？」

「私じゃないわよぉ」

飄々（ひょうひょう）とした態度は余裕すら感じさせる。犯人なら容疑をかけられている状態でこんな態度がとれるだろうか。

「俺が犯人なら、こんな余裕な態度で警察の質問答えられないな……」

「辛三じゃそもそも盗む勇気がないだろ」

「違いない……」

四怨にツッコまれ、辛三は納得する。蚤（のみ）の心臓（しんぞう）の自分が「もし俺だったら……」と犯人像を想像するのは、全くの無意味だ。

ひとまず、アートにはアリバイがないだけでなく、動機もあることが確認できた。

一通りの情報を聞くと、今度は白衣の男に話を聞く（警部が）。

丸眼鏡（めがね）にとんがった鼻、痩身の男はイシャーといった。

「私も疑われているんですかね。まいったなあ」

「いえいえ、あくまで可能性がある方に話を伺っているだけですよ」

不安そうにしながら長い指で首に手を当てるイシャーに、警部はできるだけ優しく言う。

「パーティーの終わり際、十九時三十四分ですね。病院の方から電話があって席を外しました。色々と指示をして二十分弱ですかね」

通話履歴から電話していたことは事実だが、その間どこにいて、何をしていたかはわからないとのことだ。通話しながら、その手は銅像を盗み出していたかもしれない。

警部とイシャーの質疑に、またシサンカが補足情報を入れる。

「イシャー君は私の主治医でね」

「健康を気遣うのなら痩せるように言っているのですが……パーティーのメニューもちょっとカロリー高かったですよ」

「はは、すまんすまん……自宅のジムで運動しているのだが中々ね」

アートに対するのとは違って、シサンカの態度は信頼が見て取れた。

聞きながら残したメモを見て、辛三は四怨に声をかける。

「真面目そうなお医者さんだし、動機もなさそうだし、この人は違うんじゃない？」

「こういうのに限って犯人だったりするのがミステリあるあるだから、油断禁物だぞ」

「なるほど……流石、四怨は頭がいいな」

冷静な指摘に辛三が感心すると、四怨は鼻の下をこすった。

「とまあ、この二人がアリバイのない客なのです」

一通りの聴取が終わり、警部が話をまとめようとする。

「ちょっと！」

「ひっ」

アートが険のある声を出した。それに怯えた辛三が身体をこわばらせる。

「はいはい。もうすぐここのシーン終わるからな」

四怨が耳打ちし、安心させるように辛三の背中をポンと叩きながら、アートに話を続けさせた。

「アリバイがないとして、どうやって銅像を盗み出すっていうのよ」

彼女はつまらなそうに言う。

「展示室につながる廊下は一つだけ。ホールから丸見えなのに、どうやってあんなもの持ち出すのよ」

その言葉には、警部とシサンカも苦々しい顔をする。

「それは……まあ……そこなんですよね。そもそも鍵もかかっていますし」

「窓は?」

四怨が短く尋ねる。

「確かにありますが、あの高さです。はしごでもかけないと無理ですが、流石にそんなものを持ち運べば、警備員に止められるでしょう」

「そう。仮にパーティー参加者の目を盗んでも、警備員もいるのだ。銅像なんて持ちだしたら、一目でわかるはず。……だが無い。屋敷内に隠せるような場所もないはずだが……」

「とまあ、現状こんなところです。また何かわかったら連絡しますが……。四怨さん、あなたにも情報を集めてもらえると助かります。容疑者のお二人にもっと詳しく話を聞いてもいいかもしれません」

そう言って、警部とシサンカはホールに戻っていった。

「……はあ。終わったか」

四怨はため息をついた。

「はああああ。空気悪かった……」

辛三はもっと長いため息をつく。そんな彼の肩に四怨が手をおいて安心させる。

しかし、頭の中は事件のことでいっぱいだ。

「見直してもわかんねえ……。やっぱ見落としはないよな」

四怨はガシガシと頭を掻く。

「辛三、何かわかったか?」

「いや、この時点ではまだ……。ちょっと怖いけど、やっぱり話を聞いたりしてもっと情報を集めないと」

「無駄だ」

「え？」

「……まあ見てろ」

「……？」

辛三は不思議に思いながらアートに近付いていく四怨の背中を見守る。

「なあちょっと」

「アナタに話すことはないわ」

そう一言。

顔はそっぽを向く。

「いいから少しだけ」

「アナタに話すことはないわ」

また一言。

またそっぽを向く。

「これは……」

既視感を抱いた辛三に、「ほらな」とでも言いたげな顔で四怨が振り向く。

そしてイシャーに話しかけると。

「アナタに話すことはありません」

もう一度やっても。

「アナタに話すことはありません」

同じ言葉を繰り返すだけ。

「取りつく島無し。何度話しかけても同じことを言うだけで情報は増えねえ」

「そっか。これぞゲームのＮＰＣ……」

作りがリアルで忘れかけていたが、これはゲームなのだ。辛三は納得すると、次の動きにも気が付く。

「二人に話をしてもらうためには、何か条件があってフラグを立てないといけないってことか」

「まあ、そういうことだ」

辛三と四怨がそんな話をしているうちに、アートとイシャーは帰ってしまった。

「じゃあ、その条件を探さないと」

「その通りだよワトソン君……とでも言いたいんだけどな……」

二人は屋敷から街へ移動し、目撃者や、アートとイシャーの知り合いに話を聞こうとするが。

「知らない人と話しちゃだめって」

「忙しいからさ、あとでいい？」

「話すことはない」

全く話が広がらない。新しい情報は得られず、すべて空振りに終わった。

「残念ながらどこ行ってもこれだ」

「………」

ただでさえ人（ＮＰＣだが）に話しかけるのが苦手な辛三が、この冷たい扱いでヘトヘトになっていた。

どんよりしたまま、すがるように声を絞り出す。

「……このゲームの世界には……スパイとか、情報を扱う裏稼業ないの……？」

「ある」

「ほんと⁉　じゃあ――」

「だが無理だ」

明るくなりかけた辛三に、四怨がバッサリと言う。

「プレイヤーには兄がいる設定なんだが、そいつが超絶シスコンで自分勝手なせいであたしらの評判も最悪だ。話も聞いてもらえねえ」

「珍しく凶一郎兄ちゃんが敵じゃないと思ったら、ちゃんとお邪魔キャラなんだ……」

現実の四怨が、ヘッドセットを外した。見慣れたいつもの世界で、ため息をつく。

「つーわけで、推理ゲーなのに、推理するためのヒントが全く集まらねえ。お手上げだ」

そう言って実際手を上げて「お手上げ」を示す。

「こりゃ、フラグ管理ミスったバグゲーになってるかもしれねえ。ムカつくが、流石に任務は別のやり方考えねえとだな」

そう言ってゲームの電源を落とそうとする四怨だが、辛三はＶＲヘッドセットをつけたまま言った。

「じゃあ俺、もうちょっと遊んでていい？」

「は？　……いいけど、何すんだ？」

「こういう体感ゲームやるの初めてだから、なんか歩いているだけで楽しくって。ほら、歩数もカウントされてるから」

メニューを開くと、プレイ時間のほかに歩いた時間、消費カロリーなどが確認できる。推理のついでに、体感ゲームらしいログも取っているのだった。いや、推理がまともにできない今、そちらがメインのゲームと化しているといえるかもしれない。

「あとさっき言ってたミニゲームが気になって」

「ああ、あれか。ジム行けばできるぞ」

「ついでに、他にヒントないかも探してみるよ」

「はあ〜よくやるぜ」

呆(あき)れたような四怨に辛三が微笑(ほほえ)みかける。

「肉体労働は俺の分野だし。頭脳分野は四怨を信じるから、こっちは任せてよ」

兄の優しさじゃねえか！　と四怨は内心感動したのだった。

「んー集中し過ぎたか。ちょっと休憩」

ゲームの世界から現実に戻ったあと、奥の部屋に引きこもって、プログラムの見直しをしていた四怨が、ぐっと伸びをした。

そして部屋に戻ると、そこには辛三がいた。

「ふっ……ふっ……」

一心不乱に片手腕立て伏せを繰り返す汗だくの辛三が。

「は？」

筋肉が熱を発し、部屋の温度と湿度が上昇している。

四怨はモニターをつけ、辛三がＶＲでプレイ中のゲームの画面を表示させた。ダンベルやマット、ランニングマシンが置かれた部屋の中にいる。

そして、時計を見て驚愕する。

「おま、八時間ずっと筋トレしてたのか？」

「あ、四怨？　やっぱりゲームの中毒性は危険だな。ついついやっちゃうよ」

「ゲームじゃなくて筋トレ中毒だろ！」

ツッコミを入れても彼の筋トレは止まらない。

「いや、もうちょっとでハイスコアなんだ。これを超えたらやめよう、これを超えたらやめようってところで、次の目標が出てきて」

「……しっかりゲームの報酬設計にやられてるな……」

「ほら……ふっ……９９９７……９９９８……９９９９……」

筋トレとしては異次元の数字のカウントが始まり……。

「いち……まんっ……！」

パラパッパラー！

一万回を達成すると、ゲーム内でファンファーレが鳴った。

「ふぅー！」

流石の辛三も限界といった様子で倒れこんだ。大きく息を切らしている。しかし、その表情は非常にすがすがしいものだった。

「はあ。楽しんだなら何よりだよ」

呆れ気味に言う四怨。

しかし、そのとき画面内に、タンクトップ姿のマッチョ男性が現れた。

「よく鍛えた大胸筋だね」

「トレーナーさん！」

辛三が呼んだ通り、二メートルはありそうなその頭上には「トレーナー」の表示。このジムに常駐しているキャラで、彼に話しかけることで各種ミニゲームに挑戦できる。本筋に関係ない、寄り道コンテンツのはずだ。

彼は浅黒く焼けた肌に、真っ白な歯を見せて笑う。

「どうだい。うちのＶＩＰルーム使うかい？」

「ぜひ！」

筋トレでハイになっている辛三が、大声で返事する。

案内されたのは、ひとつひとつの器具の間隔が広くなったスペースだった。人も少なく、よりトレーニングに集中できそうで、確かに選ばれた者の部屋という感じがする。

「奥にこんな部屋があったなんて……」

「常連さんとか、トレーニングに真摯な人のための場所なんだ。ジムの人気があるのはいいことだけど、人が多いと器具待ちの時間も発生しちゃうからね。君はこの部屋自由に使ってくれていいから」

「へえ、こんな展開あるのか」

四怨が興味深そうに画面を見つめる。

「……って、おい辛三、左奥見てみろ！」

「左……あ！」

そこには、事件の容疑者である、美術商のアートがいた。ゴテゴテとしたドレスではなく、飾り気のないガチのトレーニングウエアを身にまとい、スクワットをしている。

「アートさん、筋トレとかするんだ……あ、あっちにはイシャーさんも！」

辛三の視線の先には、これまた白衣ではなくジャージでフィットネスバイクを漕ぐ医者のイシャーがいる。

キョロキョロとしていると、丁度スクワットを終えたアートがこちらに気が付いた。

「あら、アナタさっきの助手さんよね」

そう言って近づいてくる。「話すことはない」とバッサリだった時と比べ、かなり印象が柔らかい。化粧も薄く、運動後ということで血色も良かった。

「アナタもトレーニーだったのね。それにその作りこみ、中々のものだわ」

「いえいえ。アートさんもカットの深い腹筋ですね」

筋肉会話をスムーズにこなす辛三。武器と筋肉のことならペラペラだ。

「この部屋にいるってことは、ここの常連なんですか」

「そうよ。イシャーさんもそうだし、ちょっと前はシサンカさんも。ここで知り合った縁でパーティーにも呼ばれたんだから」

辛三は意外なつながりに驚く。

「正直、お二人は仲悪そうに見えたんですが」

「そう？　まあ疑われたら気分は良くないし。あとは元々年齢も近くて、ライバル的な感じもあるかもね。でもあの人ったらひどいのよ。お金持ちだからって最近自宅にジムを作って、トレーナーさんも出張パーソナルトレーナーとして毎日のように呼んでるんだから。ずるいでしょう」

そうは言うが、彼女に嫌味な感じはなかった。

「そうだ。アナタあの事件のことまだ調べてるの？　あの時は疲れていたけど、こんな素敵なトレーニーさんになら協力するわよ」

その発言を受け、辛三は現実の四怨の方を向く。

「これって……新たな証言？」

「まあ、そうだな」

「筋トレミニゲームをやってたら、証言が得られた。つまり……どういうこと……？」

戸惑う辛三に、四怨は深いため息をつく。

「つまり、これは推理ゲームじゃない。おかしいと思ったんだ。推理ゲームならあたしが解けないはずないからな。あたしが解けないってことは、推理ゲームじゃない、別のゲームってことだ」

そのこめかみには怒りマークが現れていた。

「んで今のでわかった。これはいうなれば……推理フィットネスゲームだったたってことだ！　なんだそれ！　はあ⁉」

自分で言って自分で文句を言った四怨は、机を叩いた。ゲーマーたるもの、ＴＰＯをわきまえればバッドマナーもカルチャーのうち。見事な台パンを決める。

「推理フィットネスゲームってなに？」

「知らねえよ！　でもそうなっちまってんだから」

疑問から先に進めない辛三に対し、四怨はそういうものとして飲み込み、早くも攻略のため脳をフル回転させ始める。

「まっっったく納得はいかねえが、そういうことならやってやろうじゃねえか。この事件、解決してやるよ、筋肉でな！」

四怨は言ってから、一言付け足す。

「……辛三のな！」

ヘッドセットを装着し、ゲームの中へ戻った四怨だが、四怨から話しかけても「アナタに話すことはないわ」のままだった。筋肉のパラメータを伸ばしたのは助手の辛三だけだ。筋肉なき者に、信頼は得られない。証言も得られない。

聞き込みは辛三に任された。少し不安の残る様子だったが、筋トレで出たアドレナリンが、辛三に多少の勇気を与えていた。

「えと、アリバイのない時間のこと詳しく聞いていいですか」

「離席中のこと？　そもそもあの日のパーティーは、シサンカさんの新たな事業の立ち上げ記念という名目だったけど、シサンカさんにとっては食を解禁する言い訳なのよ。だから、食事が豪勢……というか糖質のオンパレードでね。でも私は自分の食事メニューを崩したくなかったから、席を外したの。トレーナーさんを見習ってね」

「さっきからトレーナーさんの名前が良く出てきますね」

「トレーナーさんはすごいわよ。数々のボディビル大会を連覇中で、次の大会も優勝候補なの。それにボルダリング、アームレスリングでも優勝しているわ」

「ミニゲームにだけ登場するモブに設定盛りすぎだろ」

四怨がツッコむが、その声はアートには届かない。

「とにかく、そういう理由で席を外したんだけど、トレーナーさんがきちんと事前に食事を断っていたのに、それをしなかった私が偉そうに『食事制限のため』なんていうのは情けなくてね。気分がすぐれないことにしたのよ」

「その一時間は何してたんですか？　元気だったし暇ですよね」

「今時スマホがあれば仕事もできるんだからあっという間よ。おかげで誰にも会わなくて疑われているけれど」

「ふん。体調不良を訴えながら一人で一時間もどこか行くよりは、まだ納得感はあるな。アリバイがないことには変わりねえが」

四怨は増えた情報で新たに仮説を立て、可能性を排除していく。

次に辛三はイシャーに話しかける。

「ほう、中々鍛えてますね」

クールダウン中のようで、ゆったりとしたペースでフィットネスバイクを漕ぐ彼は、辛三を見て興味深そうに眼鏡をくいと上げた。

ただ、じっと見つめた後、目線は正面に戻ってしまった。

「しかし、高負荷の無酸素運動ばかりでは、健全ではありません。ランニングやジョギングなども適度に取り入れるのが重要ですよ」

「……あれ、話が終わっちゃった」

辛三はもう一度試してみるが、全く同じ言葉が返ってくる。「話すことはない」でシャットアウトよりはマシだが、状況としては同じだ。

「筋トレ足りなかったのかな……？」

「いや、すべきことは明らかだ。ミニゲーム同様、あたしがないがしろにしてたことがあるだろ」

辛三は頭をかしげる。そんな背中を四怨はバンと叩いた。

「つーわけで頼むぜワトソン兄ちゃん。街を走ってきてくれ」

「あ、了解」

「いいメニューですね。ボディビルディングもいいですが、健康を損なってはいけませんからね」

実際は常人にはオーバーワークなメニューだったのだが、超速足踏みであっという間に一万歩を達成した辛三は、イシャーからも証言を引き出すことに成功した。

「あそこで言うと疑われるから言わなかったんですが……。トレーニーとしてアナタを信じて言いますと、私もあの像のことは大変気に入っていましてね。あの肉体美、トレーナーさんに似ていると思いませんか。パーティーの日、電話のため席を外しているときに途中抜けするスーツの彼を見たのですが、はち切れんばかりでしたよ。パンプアップでもしたのか、あの日は一層盛り上がっていましてね、電話でも実はその雑談をしていたんですよ。とはいえ、私が盗んだのではないですからね。いいなあと思っただけで」

「トレーナーさんに会ったんですか？」

「いいえ、彼はこちらに気付かず帰ってしまいましたから。彼にアリバイを証明してもらうことはできませんでした」

「そうですか」

話が終わると、イシャーはトレーニングに戻った。

四怨は顎(あご)に手を当てて、情報を整理する。

「……結局、二人が何をしていたか詳しく聞けたが、アリバイはないまま。それにこの事件の一番の謎は、どうやって誰にも気づかれずに、鍵のかかった部屋から大きな銅像を持ち出したのかだ。それがわかれば自ずと犯人も絞れるはず……」

「わかりそう？」

「……いや、情報が少し足りないな」

「そっか……でももう二人に話は聞けたし、新しいヒントは……」

「大丈夫だ目星はついてる」

そう言うと四怨は一枚のチラシを取り出した。

「これは推理ゲームじゃねえ。推理フィットネスゲームなんだ。だったら、重要な手がかりを得る手段だって決まってる」

「……これ、俺が出るの……」

「こんだけ名前が出るんだ、あのトレーナーがこのゲームの筋トレパートのボスだ。ボディビル大会であいつをぶっ倒せ。そしたら奴らの中のお前の評価はさらに上昇。新たな証言が得られるだろ。ボスを倒せば、報酬がもらえるのは当然だ」


「優勝は、探偵助手の辛三さんです！」

「よっ、デカイメロン乗っけてんね！」

様々な声をかけられながら、巨大な三角筋をひっさげた辛三が堂々の優勝を飾った。

「うう……ゲームでまでこんな目に遭うなんて……」

最近リアルでも脱がされボディビル大会に出場したばかりの辛三はぐったりしている。

そんな優勝者に準優勝のトレーナーが近付いてきた。

「ふっ、僕としたことが、油断したね」

彼は遠い目をしている。目の前の辛三よりも遠い何かを見ていた。

「負い目があったんだ。ちょっとトラブルでメニューが乱れてしまったから」

そんなトレーナーの身体を辛三が観察した。

「確かに、上半身のバランスが少し悪いですね。広背筋、それに前腕筋も」

「見る人が見ればわかってしまうね……。次は万全の状態で戦わせてくれ」

固い握手をすると、トレーナーは去っていった。

「おめでとう！　トレーナーさんに勝つなんてすごいわね」

「私の目標とする肉体が更新されました。アナタです」

観客として来ていたアートとイシャーのそれぞれから賛辞を贈られる。

しかし、それ以上の言葉はなかった。

「え。これだけ……？」

「みたいだな」

「そんな、苦手な人前で頑張ったのに……」

辛三のぐったり度が増す。並居る参加者をなぎ倒した肉体も、だらりと弛緩していた。

一方の四怨は満足げだった。

「いや、十分だ。やっぱりあたしの仮説は合ってた。筋肉を制すれば、答えは目の前だ」

帽子を被り直し、四怨がセリフを決める。

「関係者を呼べ。助手には頑張ってもらったからな。ここからは解決編だ。名探偵の推理披露といこうじゃねえか」

「みなさんを集めるならここが良いと思いましてね」

火のついていないパイプを片手に、名探偵としてノリきった四怨が、それっぽい敬語で口火を切った。

シサンカ、アート、イシャー、警部がジムのＶＩＰルームに集められている。

「犯人がわかったんですか？」

「それにこのメンバーを集めたということは『犯人はこの中にいる』と、そう言いたいのかね」

「ええ、わかりましたよ。すべてはっきりとね」

前のめりで尋ねてくる警部とシサンカを軽くかわすように答える。黙っているアートとイシャーも少し緊張した面持ちで、四怨のことを見ていた。

スッと。静かな所作で右手を上げた四怨は、ある人物を指さした。

「犯人はお前だ！」

指さされたのは、アートでも、イシャーでもない。それどころか、四怨が呼び出した人物ではない。

それは、元々このＶＩＰルームにいた——。

「トレーナー君が⁉」

シサンカが驚きの声を上げた。

会話には参加せず、トレーニング器具を拭いていたトレーナーが、きょとんとした顔で振り向いた。

「……話は聞いていたけど、シサンカさんのヘラクレス像を盗んだのが僕だと、そう言いたいのかい」

「ああ。パーティー中に事件が起きたこと、わざわざ席を外したアリバイのないパーティー参加者がいたことで、そのどちらが犯人かばかり考えちまった。だが、食事会を前に帰ったあんたにだって、アリバイはないよな?」

指名するところまでで満足した四怨は、口調が元に戻っている。

「待ちたまえ」

シサンカが声を上げる。その表情には戸惑いが表れていた。

「アリバイがない、というだけなら、それでやっとアート君やイシャー君と同条件じゃないか。いや、パーティー参加者に絞らなければ、警備員だって、使用人だってそうだ。他にも容疑者はいるんじゃないか」

「焦んなって。確かに、これだけじゃトレーナーが犯人とはいえねえ」

四怨はそういって、腹筋用の斜めのベンチに腰掛けた。

「この事件のもう一つの謎は、どうやって誰にも見られずに銅像を盗み出したか、だ。そしてそれは、犯人は誰かという答えにつながっている」

「そうよ。入口からの出入りは監視されていたのよ。窓から侵入しようにもはしごか何かが必要で——」

「そこだよ。そこが勘違いだったんだ」

「え?」

「はしごなんてなくても、そいつにはあるじゃないか」

何のことかわからないという顔をするアート。他の人たちも同じような反応だ。トレーナーだけが、無表情のままだった。

四怨は再びビシ！　と指をさす。その先はトレーナー、いや。トレーナーの筋肉。

「そう、筋肉がな！」

「「た、確かに！」」

目からうろこ、といった様子で全員が驚く。辛三もその中に含まれている。

「ボルダリング世界チャンピオンのトレーナーさんなら、それも可能ね」

「……いや、あの壁は伝うようなパイプもないし、ホールドにできる場所もない。流石のトレーナー君でも素手では……」

すんなり認めるアートに対し、信じがたいといった様子でシサンカが指摘する。四怨は涼しい顔で返す。

「じゃあ……滑り止めにチョークがあったらどうだ？」

「それなら可能かもしれないが、そんなものを使ったら現場も粉だらけだろう。流石に掃除する時間はないはずだ」

「多少残ったって、証拠にはならない。だって、現場では保全のためにチョーク使うからな」

シサンカと警部がハッとした顔をする。

「なるほど……ならば、容疑者の筋肉の中で、あの壁を登れるだけのものはトレーナー君のだけだな」

(壁にチョークやトレーナーの指紋が残るだろうから、そういう確実な証拠もあるんだが……筋肉で納得しているしいいか)

ツッコミどころはあったが、不要な説明は省くことにする。

しかし、イシャーはまだ異を唱えた。

「待ってください。確かに、トレーナーさんほどのマッチョであれば、窓からの侵入も可能なのでしょう。ですが、どうやって銅像を持ち出すのですか。あんな大きなもの、隠し持つことは不可能ですし、私は彼が帰宅するところを見ています。当然、像なんて持っていませんでした」

「ああ。聞いたよ。だが、あんた、こうも言ったじゃないか。トレーナーの肉体美は、銅像と同じように美しい。そして、あの日のトレーナーのパンプアップ具合はすごかったと」

イシャーはその発言の意味を理解しようと思考を巡らせていた。答えに辿(たど)り着く前に、四怨が口を開く。

「あの銅像は、中が空洞になっている。パーツごとにばらした犯人は、それを身にまとい、上からスーツを着た。普通の人間なら、そんなことしたって一瞬でばれるだろう。しかし、トレーナーにはあった……そう、筋肉がな！」

「「た、確かに！」」

その手があったかという顔が並んだ。そこには辛三も含まれている。

「トレーナーさんほどの身体なら、銅像と入れ替わっていても違和感などありはしないでしょうね」

「逆に、そのトリックが使えるのもまた、トレーナー君くらいだな」

「頭のパーツが現場に残されていたのもそういう理由だ。いくらなんでも、被って出ていくわけにはいかないからな」

三人が、その推理に感心するように頷（うなず）いた。ひとり、トレーニーではない警部が、まだ引っかかったような顔をしていた。

「ま、待ってください」

その警部が待ったをかける。

「中が空洞とはいえ、高さ一・五メートルはある銅像です。そんな重たいものを持って人間が動けるとは……」

「聞いてなかったのか？　トレーナーにはあるんだぜ？　そう、筋肉がな！」

四怨がだめ押しする。

む、という顔をするが、警部も納得せざるを得ない様子だった。

（言っておいてなんだが、筋肉のこと盲信しすぎだろこの世界）

というツッコミも、話が進まなくなるので飲み込む。

あれも筋肉。これも筋肉。

筋肉で解決する筋肉ミステリーは、クライマックスを迎えようとしていた。

もはやこの場に、異を唱える者はいない。

代わりに、トレーナーがそれまで閉ざしていた口を開いた。

「……僕は今ではトレーナートレーナーと言われるけどね。トレーニーであることを止めたことはないんだ」

そう言っておもむろにタンクトップを脱ぐ。ひとつひとつが深い凹凸をもった筋肉があらわになった。

「理想の肉体美の追求。その僕の目標となるのが、あのヘラクレス像の肉体なんだ。もっと観察したかった。三角筋はどうなっている？　大胸筋は？　大腿四頭筋は？　なんとしても手元に置いておきたかったんだ」

　彼は寂しそうに笑う。

「僧帽筋は途中までになってしまったけどね」

　その笑みに、ゲームキャラたちは複雑な表情をする。

（同情の余地あるかこれ？）

　というツッコミも、もはや言葉になる前に消えた。

「署まで来てもらいますよ」

　警部に手錠をかけられるトレーナー。

「……いつから僕を疑っていたんだ？」

「あんた、普段の筋トレメニューが崩れたって言ってただろ？　広背筋と前腕筋。ボルダリングで使う部位だ。事件の日、酷使したせいで崩れたんじゃないかって思ったんだよ」

「ふっ。さすが名探偵さん。この事件、完敗だよ……でもね」

　バキンッ！　手錠は容易く引きちぎられた。

「負けたのは推理だけさ。僕には！　この！　筋肉がある！」

「ああ！　トレーナー君が走り出した！」

「鍛えられた大腿四頭筋が生み出す推進力。ギチギチに詰まった肉の塊が、この速度で動けば、生じるエネルギーは計り知れません！」

「これを止めるというのは、ほとんど交通事故よ！」

突如始まる実況を気にしている暇はない。

「辛三！」

「ああ！」

四怨が声をかけると、辛三が猛然とダッシュするトレーナーの前に立ちはだかる。

瞬間、それは起きた。

まるで爆発。

もはや肉と肉ではない、もっと硬いものがぶつかったような音が響く。

大きなエネルギーを持って動くものに、静止した物体は弾き飛ばされてしまうだろう。

そう思われた。

「……忘れてないか？　あんた、うちの辛三に負けてんだよ」

「何ぃ!?」

ピタリ。止められたのはトレーナーの方。

全身の筋肉を収縮させ、踏ん張りながら辛三が口を開く。

「お前は、欲望に負けて自分の筋肉を犠牲にした。筋肉は嘘をつかないんだ。筋肉に嘘をついたお前が、俺に勝つことはない！」

上腕二頭筋、上腕三頭筋が発達した太い腕が、がっちりとトレーナーを掴み、脊柱起立筋が彼の身体を持ち上げる！

「な、やめろ……！」

「うおおおおおお!!」

筋肉が宙に舞った。

『ゲームクリア！』の表示が現れ、二人はヘッドセットを外した。

「さんきゅ。辛三。おかげでクリアできた」

「そんな、俺は筋トレしただけだよ。すごいのは四怨だ。まさか筋トレの部位を把握して、トレーナーさんが犯人だと見抜くなんて」

汗を拭う辛三に、四怨がタオルを渡しながら答える。

「いや？　こんなもん九割メタ読みだよ」

「え？」

GAME CLEAR!!

きょとんと辛三は眼を丸くした。

「これが推理ゲームじゃなくて推理フィットネスゲームだってんなら、筋肉がトリックに使われるだろうし、マッチョが事件に関わらないはずないからな。そしたらあんなにあからさまな奴がいるんだ。辛三がＶＩＰルームを見つけた時には確信してたよ」

「……流石四怨」

一度建付けがわかってしまえば、四怨の頭脳の前に謎は残らない。スパイ界きってのゲーマーにかかればすべてがイージーモードだ。

「とはいえ、ゲーム的には証拠や証言を集めないと先に進まないからな。そこはしっかりやってもらったわけだ。最後、筋肉バトルのパートがあることも予想済みだったが、それこそ辛三の力が必要だった。ありがとな」

わかってからの解決は一瞬だったが、四怨にとっても難事件だったのだ。それを解き明かすきっかけとなったのは紛れもない辛三だ。そこには素直な感謝があった。

辛三は、どういたしまして、と頰を掻いた。

「んで、怪盗団の居場所がわかったわけだが……」

四怨が見せたスマホには、地図が表示され、赤い印が点滅している。

「頼めるか？　兄ちゃん」

ゲームクリアまでが兄弟の協力プレーではない。

ａｎｙ%ではなく100％の任務完了まで。ゲーマーなら、プロなら、最後までやりきるものだ。

「任せてよ。筋肉がすべてを解決するとこ、見せてあげる」

辛三は、上腕二頭筋で力こぶを作って見せた。

嫌五、猫を拾う

Mission:
Yozakura Family

「ふんふ～ん～世界が羨む美少年～♪」

上機嫌な鼻歌が聞こえる。猫耳フードにしっぽのついた黒いゆったりスウェット。頬(ほお)には肉球のペイントをした少年が、人気のない道を歩いていた。

名門スパイ一家の夜桜(よざくら)家の第五子、夜桜嫌五(けんご)。変装の達人の銀級(シルバーランク)スパイである。週刊スパイが行う「あざとかっこかわいいスパイランキング」「瞳にドキッとするスパイランキング」では三年連続で一位を獲得する美男子で、夜桜家の顔を自称している。(「ナルシストウザイスパイランキング」でも五年連続の一位だが)

今日も某国から武器を輸入する犯罪組織を、取引相手に変装して鮮やかに誘導し、警察に突き出したところだった。

「俺の瞳に気を付けて～♪　……ん？」

そんな任務を終えた帰り。路地裏を歩いているはずの嫌五の足元に、違和感があった。温かくモフモフしたものが、こすりつけられている。

「おいおいまさか……」

嫌五に緊張が走る。彼には、とある弱点があった。足元にいるものの正体が嫌五の想像通りなら、ただ事では済まない。

恐る恐る、その声の主の方へ、視線を下げる。そこにいたのは――。

「ナーォ」

猫だ。

「ぐはぁっ⁉」

嫌五は心臓に深刻なダメージを食らった。

黒く、まだ小さな猫。そう、嫌五はその見た目通り、猫が好きすぎるのだった。

昔から猫が好きだった嫌五。当然「飼いたい」とねだったこともあったが、二刃の反対にあい、それは叶わなかった。その結果、猫への想いはふくらみ、特に「飼い主の決まっていない猫」を前にすると、愛があふれてしまうのだった。

しかも、黒猫、子猫、人懐っこさと上品さの両方を感じさせる顔つきと、猫好きの嫌五のストライクゾーンのさらにど真ん中をぶち抜かれ、嫌五の情緒はギリギリだった。

「か、かわいすぎだろ……」

首輪はしておらず、地域猫として管理されている証の耳カットもされていない。痩せ気味の体躯からも、純粋な野良と想像される。

「……ど、どうしたーお前」

深呼吸を何度もし、何とか呼吸を整えると、嫌五は腰を下ろして、その猫の背をなでてやった。

猫は気持ちよさそうに喉を鳴らす。警戒心は薄いようだ。

「…………」

首、顎下、鼻先と場所を変え、お腹を見せられればお腹をなでる。

「…………」

猫は気持ちよさそうに目を細めながら、次はここ、次はこことなでてもらう体勢を変える。

「……ハッ！　やべえ、離れられなくなるところだった……」

既に数十分が経っていたが、やっと我に返った嫌五が立ち上がった。猫は「どうして」とでも訴えるような目で嫌五を見つめる。

「いやいや、だめだ！　そんな目で見ても！」

大声で自分に言い聞かせる。「達者で暮らせよ～！」と言い残して、振り切るようにその場を去ろうとする。

しばらく歩くと、空の段ボール箱が置いてあった。猫が居場所として使っていたのであろう……元々は。

雨風か、いたずらか、ボロボロの段ボールは、敷物にさえなりそうもなかった。

思えば、一匹でいるにはまだ幼いように見える。親とははぐれたのだろうか。その小さな体は、厳しい野良の世界を生きていくには頼りない。

「ンナァーン」

後ろをついてきていた猫が鳴く。振り返ると、うるんだ目で嫌五を見つめていて。

「や、やめろ……うちじゃ、うちじゃお前を飼えな――」

嫌五はパーカーの胸のところに猫を抱えながら、忍び足で夜桜邸の門を抜けた。

今日は任務で出ている家族が多く、家にいるのは数人だ。誰にも見つからずに自分の部屋に戻るのは、そう難しい事ではない。

そう考えながら、嫌五は音を立てないように慎重に屋敷の扉を開ける。

「ゴル」

「……げ、ゴリアテ」

しかし、待ち構えていたのは、夜桜家に長年仕える「大神犬（おおかみいぬ）」のゴリアテだった。侵入者を許さないその嗅覚は、嫌五のパーカーの不自然な膨らみを見逃さない。

「ゴルル……」

ゴリアテは敵意というより、優しくとがめるように低くうなる。

嫌五はどうやってこの場を切り抜けるか、そしてゴリアテの口を封じるか思考を巡らせた。

ゴリアテはグルメで、最近はベルギービールにハマっている。ギフトセットを輸入して、ツマミのソーセージをつけて……。

「嫌五？」

「ゴリアテと向かい合って何してるの？」

そこに太陽（たいよう）と六美（むつみ）が現れてしまった。

「……三人の口止めは面倒だな。作戦変更だ」

嫌五はそう呟（つぶや）くと、膨らみを軽く叩（たた）いた。すると、隠れていた猫が、胸元からひょこりと顔を出した。

「きゃあ可愛（かわい）いっ！」

六美が目を輝かせて猫に顔を近づける。興奮する六美を見て、太陽も満足げに笑った。

嫌五もドヤ顔で親指を立て自分を指す。

「だろ？　可愛い俺と可愛い猫で無敵のコンビの完成よ」

「いや嫌五はどうでもいいんだけど。この子どうしたの？」

「任務の帰りに懐かれてさー。このままじゃかわいそうだったんで拾った。な？」

嫌五が声をかけ顎の下をなでると、猫はにゃあと返事した。

「嫌五、やっぱり猫好きなんだ」

「あったりめえよ。猫耳フードに肉球マークのほっぺ。これで猫嫌いは嘘だろ。あざとかわいい俺とはマリアージュしてるしな」

「それもそうか」

後半は聞かずに、太陽が納得する。

「なあ当主様ー。この猫飼ってもいいだろ？」

「そうねえ……」

腕を組み、頭を悩ます六美。嫌五は猫と自分の顔を交互に指さす。

「ほら、こんなに可愛いぜ？　ほらほら」

「うーん――」

「だめだよ」

発したのは二刃だった。途中から話を聞いていたようだ。

ピシャリ。「飼う」に傾きかけた場が、その言葉で水を打ったように静かになる。

「な、なんでだよ。こんなにかわいいのに」

「ああかわいいね。でもだめだ」

「ちゃんと世話するからさあ」

「自由人のあんたに、生き物の世話が続けられるのかい。どうせあたしが世話することになるんだから」

「発言がお母さんと息子過ぎるな……」

太陽が静かにツッコむが、二人のやり取りは止まらない。

二刃の説教が続き、最初は反論していた嫌五も、そっぽを向くようになる。

「それにね嫌五。スパイ動物のなかでも、猫は特に多い。任務の帰りに見つけた猫なんて怪しくて、迂闊（うかつ）には家に住まわせられないよ。あんたもわかってるから、最初隠そうとしたし、可愛さで押し切ろうとしたんだろ」

「ぎくっ」

嫌五が図星だということがはっきりわかるリアクションをした。夜桜家には敵が多く、またこの屋敷は秘密の宝庫だ。侵入を試みる者は後を絶たない。出自がわからないものを招き入れるのはたとえ猫でもリスクがあるのだ。

何か反論する手はないかと、嫌五は辺りを見渡し、次の言葉を見つける。

「そうだ、ゴリアテ。ゴリアテならこの猫がスパイかわかるんじゃね。猫のスパイの知り合いもいるっていうし」

嫌五に頼まれたゴリアテが、こくりと頷いて、猫に話しかけた。

「ゴル、ゴルゴル。ゴル……ゴルッフッフ」

恐らく軽妙なトークが繰り広げられているのだが、猫は何を言っているかわからないようで、リアクションはフンフンとゴリアテの匂いを嗅ぐ程度だった。

ゴリアテは手を上げ、「通じない」という風に首を振った。

「ほら、ゴリアテの言葉がわからないってことはただの猫じゃね」

「文字通り猫被っているかもしれない」

しかし、二刃には取り付く島もないといった感じだ。

「とにかく、だめだ。うちでは飼えない。かわいそうって言うならヒナギクの系列に猫を保護してる団体があるから——」

「やだ」

短く、しかし力強く嫌五が言った。笑顔のままではあるが、不機嫌は明らかだった。

「やだ。飼う。嫌助(けんすけ)はうちの子にする」

「もう名前つけてるし……」

二人のやり取りに口を挟めない太陽が、小声でツッコミだけする。

「だめだって言ってるだろ」

当然二刃も引かない。嫌五にはもう、交渉する材料がなかった。しかし、引く気もなかった。そこには小さいころから飼いたくても飼えなかったという、何年も積もった思いの分が上乗せされている。嫌助に惚(ほ)れ込んだ思いにプラスして、意地もあった。

そんな嫌五が次に打つ手は。

「うちに入れなきゃいいんだろ。なら俺が出てって一人で飼う！」

やけくそ家出だった。

「姉ちゃんのわからずや！　ケチババア！」

「あ？」

そう言い残して、二刃に殴られる前に、嫌五は猫を抱えて出ていった。

「こら嫌五！」

鼻息荒く、目を血走らせた二刃が残される。

太陽、六美、ゴリアテは苦笑いするしかなかった。

「……でも二刃姉ちゃん、ちょっと厳しいんじゃない？　嫌五だってもう子供じゃないんだし」

「何だったら俺だって世話しますよ。家族でなら、猫の出自も調べられるかもしれない」

「ゴル」

ゴリアテも手伝う意を示した。

「そうは言ってもねえ」

第三者からの言葉で、少しだけクールダウンする二刃。しかし、考えは変わらないようだ。

「それだけじゃないんだ。……あの子、猫を看取る絵本とかドキュメンタリー見ると数日寝込んじまうんだよ」

「繊細！」

太陽は驚くが、六美は「確かに」と頷いた。

「そんな嫌五がペットなんて飼ったら……」

「もしもの時、立ち直れないだろう？　前にも猫を飼いたいって言ったことがあったんだけど、そういう理由で断ったんだ」

「そんなことが……」

納得しかける太陽だが、しかしもう一言付け足す。

「でもそれ何年も前の話ですよね？　もう嫌五も十八歳、大人なんだし大丈夫なんじゃ」

確かにそれも一理ある話だった。嫌五が猫を飼いたいと言ってからもう何年も経った今、その理由だけでだめというのは、少し乱暴なようにも思えた。

「あたしにとっちゃ、いつまでも小さいままなんだけどね……」

二刀は腕を組み、困ったようにため息をついた。

「俺は変装の達人だぜ？　どこにだって転がり込める。ちょっとくらい帰らなくたって全然やっていけるんだ。なあ？」
「じゃあ何で僕のところに来るんだ！」
鳩田(はとだ)飛鳥(あすか)が、喚(わめ)くように言った。
表と裏両方で高い地位を持つ世界的企業、ぽぽっぽ本舗(ほんぽ)の社長。その住まいの一つは夕ワーマンションの最上階にあった。夜桜の屋敷も相当な広さだが、それに勝るとも劣らない。築年数の分、綺麗(きれい)さはこちらの方が上だ。

「だってお前のとこ広いし。猫用おもちゃも作ってるだろ?」

アロマを焚きながら最新マッサージチェアに座り、ネイルのケアをする嫌五が、ケラケラと笑った。

相変わらず嫌助は嫌五のパーカーの胸元に収まるスタイルで、服の中から手を伸ばし、テシテシとネズミのおもちゃに猫パンチをしている。

鳩田に用意させた首輪の鈴が、ときどきしゃらんと鳴った。黒いパーカー風の服は、嫌五とおそろいのデザインだが、着せるときは少し窮屈そうにしていた。

「六美ちゃんの件はバルーン人形で許してもらったはずだろ」

六美のストーカーをしている鳩田は、その罰として過去に嫌五の武器を作らされていた。

「ならお前にどデカいメリットを提供してやろう」

「どういうことだ?」

「寝起きパジャマ姿の六美に変装して『おはよう鳩田くん♡』って言ってやる」

「いくらでも滞在してくれ。ああ、お風呂なら出て左だ。寝るときのアロマでも何でも好きに注文してくれ」

「現金な奴ほど扱いやすくて助かるわ~」

しかし、話が付いたところで、黒服が勢いよく扉を開けた。

「何だ。簡潔に説明しろ」

鳩田はシリアスな顔になり、報告を聞く。黒服は焦った様子で続けた。

「鳩田様！　侵入者です！　ものすごいスピードで警備が……」

バタリ。

その報告を言い切ることさえできずに、黒服は倒れた。侵入者とやらは、報告が上がるよりも速くこの部屋まで辿り着いたのだ。

そしてその後ろに立っていたのは――。

「お、お師匠⁉」

首元の開いたセクシーなスーツの女性。表の世界では大女優、裏の世界ではかつてスパイ協会で教鞭をとったほどの実力者。金級スパイ、虎狼だった。嫌五にとって今もなお憧れの存在である。

「あら嫌五。あなたここで何してるの？」

「お師匠こそどうして……」

「私はそこの社長さんに用があって」

そう言いながら、ピシィッと鞭で床を叩く。その鞭の高すぎる威力は、床に余計なひびなど入れず、通った跡だけが鋭く抉れていた。

「条約違反のミサイルの製造・販売、不正取引によるマシンガンのシェアの独占、販売ルートの違法開拓など看過できない違法行為がたくさん」

「お前まだそんなことをやってんのか」

「そんなことも何もそういう会社だ！　これがより多くの子供たちの笑顔につながるんだよ！」

「それにしても……ちょっとおいたが過ぎるわね」

「チッ！　こんなところで捕まってたまるか」

鳩田は走り出す。パチンコで窓を割り、空に向かって飛び出した。

「これはぽぽっぽ印のパチンコ！　そして、これはぽぽっぽ印のドローン！　人ひとり持ち上げるパワーと静音性を兼ね備えた――」

しかし、次の瞬間には、縄で縛られた鳩田が床に転がされていた。

「……こ、今度お前が出る映画、うちもスポンサーなんだぞ……ガフ」

負け惜しみを口にする鳩田を縛り足蹴にしながら、虎狼が嫌五に尋ねる。

「それで、嫌五は何故(なぜ)ここにいるのかしら？」

「そ、それは……」

嫌五が言葉を探していると、トラブルに巻き込まれないよう服の中に潜り込んでいた嫌助が顔を出した。

「あら、かわいい子ね」

「ちょ、ちか」

嫌五とすぐ触れる距離まで近づく虎狼。嫌助の鼻を指先でなでると、嫌助は気持ちよさそうに目を閉じて応じた。もっとなでてとばかりに顎を上げる。

「ふうん。猫を拾ったけれど、二刃ちゃんに飼っちゃだめって言われて家出してきたってところかしら」

「さ、流石(さすが)お師匠……ひえ」

そのまま虎狼は、猫と同じように嫌五の顎の下をなでた。小指、薬指、中指、人差し指と順番に艶(なま)めかしく指を曲げる。

「私を誰だと思っているの」

「かはっ」

ドキドキに耐え切れず、嫌五は気を失った。

次に嫌五が目を覚ますと、虎狼の膝(ひざ)の上だった。

「ほえ!?」

「おはよう嫌五」

固まってしまい、身動きが取れなくなる。見える範囲で何とか状況の理解に努めると、気絶していたのは一分ほどのようで、嫌助が胸の上で一緒になでられていた。

「まだまだ子供ね」

「いや、その、もう起きるから……」

体を起こそうとするが、虎狼が優しくそれを押さえた。顔を見ると、まだ話があると目で伝えられる。嫌五は起き上がるのを止めた。

「ねえ、嫌五。猫を飼わせてもらえないからって、本当に家出してよかったのかしら」

「……だって姉ちゃんが、俺の話聞いてくれないから」

「あなたは二刃ちゃんの話を聞いたのかしら？」

その問いに、嫌五は答えられなかった。

「あなたなら、何で二刃ちゃんがそう言ったのかだって、わかるはずでしょう？」

またも返事はない。しかし、代わりに嫌五は起き上がった。

「……このあとどうするかは任せるわ」

虎狼は優しく微笑み、嫌五を放した。

「それはそうと……ちゃんと話をせずに逃げ出した嫌五には、お仕置きが必要ね」

「ひっ」

嫌五の顔が青ざめる。そのリアクションにも構わず、虎狼は胸から鞭を取り出した。

一撃、鞭が床を打つ音が響くと、嫌五は涙を浮かべてカタカタと震えるほかなかった。

嫌五は嫌助を抱えてとぼとぼ歩いていた。鞭で打たれたところ以上に、顔の火照(ほて)りがなかなか引かない。

「……でも、お師匠の言う通り、家出じゃ何の解決にもならないよなー。姉ちゃんを説得しねえと。それにお前も、家に住みたいよな？」

「にゃ？」

言ってから、あれそうだっけ？　と気がつく。自分の判断で連れてきたけれど、野良の嫌助にとって、我が家は本当に住みたい場所だっただろうか。

「まあいいや。ともかく、お前がスパイと関係ない一般野良猫だって証拠を見つけてやるからな」

「ンナーオ」

「一緒にがんばろう」とも「がんばってね」とも取れるちょい間延びした返事をして、嫌助は服の中に潜った。

早速嫌五はひとつ心当たりがあって、ある人物に電話をする。

「あーもしもし？　殺香？」

『何でしょう、嫌五様』

電話は夜桜家のメイド、切崎殺香につながった。

「ちょっと前に迷い猫拾って、飼い主見つけたって言ってたよな？」

『単行本6巻のおまけ漫画の時でございますね』

「ろっか……何？」

『いえ、こちらの話ですわ』

「……まあいいや。そんときってどうやって調べた？」

『たしか、迷い猫探しの依頼がないか探したり、ヒナギクの全国監視カメラを見せてもらったりしましたわ。結局最後は運よく、といった感じでしたけれど』

「んー、じゃあとりあえずヒナギク行ってみるわ。ありがとな」

『お手伝いできることがあればお申し付けくださいね』

電話を切った嫌五は真っすぐヒナギクに向かった。

喫茶店の地下三百メートルに本部を構える、政府直属の諜報機関。普通のスパイが持ちえない情報やパイプを持っている。

「おう嫌五。一人か？　お前が来るなんて珍しいな」

ヒナギク室長、不動りんが出迎える。

挨拶もそこそこに、嫌五はさっそく胸元の猫を見せて本題に入った。

「この猫がどこから来たか調べたくてさー。野良猫だとは思うんだけど」

「なるほどな。おいお前ら、手伝ってやれ」

そう言って、班長の蒼翠と相棒の犬神王牙が呼ばれた。

「野良猫であることを証明するのですか」

腕を組む翠は難しい顔をする。

「例えば地域猫として手術などを受けさせるとき、普通ならその地域住民の証言を以て判断するのですが、スパイと関係ないことを証明しようとなるとなかなか骨が折れますよ。もしこの猫を見かけたことがある住民がいても、生まれまでは把握していないでしょうし……」

「地域猫を調教するスパイもいるしな」

王牙の補足に、翠も頷いた。

りんはうなりながら、首をかしげてしまった。

「そうだよなー。親猫でも見つかれば一定信用できるかもしれないが」

「悪魔の証明のようなものです」

「ん？　何で猫の話で悪魔が出てくるんだ？　むしろ猫は天使だろ」

王牙が不思議そうな顔をする。

「関係がないことを証明するにはすべての可能性をつぶさないといけなくて大変であることを、悪魔がいないことの証明の困難さに例えて言った言葉だよおバカさん」

王牙の天然ボケに、翠のなんだかんだ説明してあげる優しいツッコミが入ったところで、嫌五もため息をついた。

「地道に……か。俺が一番苦手な分野だけどやるしかねえかー」

頭の後ろで両手を組んでげんなりするが、嫌助のため既にやる気になっていた。

その時、本部にどこかで聞いたことのある声が響いた。

「ただいま戻りましたー……って夜桜？」

声の方に目をやると、半纏（はんてん）を羽織った青髪（あおがみ）の少年がいた。

「……お前、アオヌマって言ったっけ。いや青柳（あおやなぎ）の方がいいか？」

「アオヌマでいいよ」

どことなく気まずいような、そんな表情でアオヌマは答えた。白骨島で嫌五が対峙した、氷を操るタンポポの幹部である。

嫌五が知りたがっているであろうことをりんが補足する。

「タンポポのメンバーはそれぞれ事情も考慮した判断のもと、各組織の監視下にある。アオヌマはウチで面倒見てるんだ」

アオヌマは恥ずかしそうに頭を下げ、頰を掻いた。

「最近は恵まれない子供の支援活動をしてんだ。働かざる者食うべからずってばーちゃんも言ってたしな」

「……へえ」

嫌五はいつも以上にニッと笑った。胸の辺りが温かくなったのは、いつの間にか寝息を立てている嫌助だけが理由ではない。

それ以上自分の話を避けるように、アオヌマが話を変える。

「んで、夜桜は何でここに？」

「その猫が野良か調べたいんだとさ」

りんが胸元で顔だけ出して眠る嫌助を指さす。

「ふーん。だったら公園行ってみれば？」

「公園？」

「ばーちゃんが言ってたんだ。公園に集まってる野良猫には、趣味で毎日のように世話してる人がいたりすんだよ。そういう人に話を聞けば、猫同士の親子関係もわかるかも」

そう言われ、嫌五は猫を拾った周辺の地図を思い出す。

「確か、あの辺りにでかい公園があったはず」

「まあ、そういう人が必ずいるってわけじゃないけどさ」

「サンキューな。じゃ、とりあえず行ってみるわー」

やる気になったらすぐ行動。嫌五はさっと立ち上がり、あっという間に去っていった。

その背中を見送りながら翠がアオヌマに尋ねる。

「君たちは直接戦ったんだろう？　敵同士だったのに、仲がいいものだ」

「別に。優しさを与えられるのも、優しさを受け取れるのも、どっちもいいことなんじゃねーかなって」

アオヌマは、やわらかく笑って。

「あいつが言ってた」

「もしもし、りん姉ちゃん？」

『おう、嫌五さっき来たぞ。言われた通り、ヒナギクが持ってる情報は渡しといた』

「そうかい。助かるよ」

『お前は手伝わなくていいのか？』

「……虎狼に聞く限り、あたしを説得するためっていうじゃないか。そのあたしが手伝うんじゃ、どうも決まりが悪くてね」

『ふうん。兄弟ってのは面倒だねえ。うらやましい』

「ほめてるのか、けなしてるのかわからないね」

『ほめてるに決まってるだろ。はっはっは』

「公園来てみたけど……雨じゃねーか」
思わず独り言ちる嫌五。
人気はない。この雨では、猫も猫を世話する人も出てきていないようだった。
「謝ってうちに帰るか？　それともどっか適当な家に転がり込むか……」

そんなことを考えていると、服から嫌助がぴょんと飛び出した。首輪に付いた鈴がしゃらんとなる。

「にゃぁ」とひと鳴きすると、ついて来いといった感じで歩き出した。意外な行動に一瞬驚きつつも、嫌五はそれに従うことにする。

公園内を数分ほど歩いて、連れてこられたのは滑り台や壁登り用の凹凸のある山型の遊具だった。真ん中がトンネルになっており、今日のような天気では、雨をしのぐのにうってつけだ。

「お前、雨の日はここで過ごしてたってか?」

「にゃあ」

その言葉が理解できたかのように、嫌助は返事をした。

確かに雨だけでなく、風も遮られ、幾分かあたたかい。悪くない環境といえるだろう。

まだ小さいと思っていたが、嫌助なりに、生きていく術を持っているということだ。

「案外、悪くない暮らしだったりするのか? お前」

こちらの問いには返事はなかった。嫌助は嫌五に寄り添うようにして丸くなる。

思わぬ場面で子供の成長を実感した親の気持ちってこんな感じなのだろうか。

(……いやいや、そもそも出会って一日も経ってねえし)

そう思ってから、嫌五はそんな親バカのような思考をしていた自分に気が付いた。

例えば。

嫌助は野良として生きていけるだけの能力を持っているとしたら？　自分に飼われることは、嫌助のためになるのだろうか。

「……だあ！　こんなこと考えるの俺らしくねえ！」

嫌五は、そんなモヤモヤをどこかへやるように叫んで立ち上がった。

ケンゴちゃん人形を三体ほど膨らませた。三体は伸び、捻じれ、人の形を失って、組み合わさってベッドに変形した。抱き枕、布団、天蓋も同様に作れば、特製簡易ベッドの完成である。

ぼふっと飛び込むと、嫌助を呼び込む。

「ここが嫌助にとって自由で楽しいならそれでよし。俺も今日はここで泊まるぜ」

嫌助はしなやかにジャンプし、嫌五の隣に収まった。

「そうだ。鳩田んちを出る前にお風呂には入ったが、手入れがまだだったたな」

そう言って嫌五が取り出したのは、数多の猫用ケアグッズ。ブラシ、爪切り、歯磨きシート。耳や鼻を拭く天然100％のコットンに、肉球を保湿するクリームは、嫌五も愛用しているメーカーのものだ。

最後に、蒸しタオルでぐるぐるに包めば完成。肌荒れ一つ許さない、美の巨人嫌五による究極のケア。

任務先でもスキンケアを欠かさないためのトラベルセットを持つ、生活に妥協のない男の準備によって、意外に快適な公園での一夜となるのだった。


アロマキャンドルに火を灯し、ホットアイマスクを装着、睡眠導入ＢＧＭをかけて快適な眠りに落ちた嫌五にとって、「早起き」ほど嫌なものはなかった。

だから、早朝うるさく鳴くキジバトの声で起こされても、脳の一割も覚醒していなかった。ここが何故自宅でないのか、この音は何なのか、今が朝なのか昼なのか。そもそもこれは夢なのか。その判別もつかず、疑問を抱くことさえなかった。

そんな朦朧とする意識の中で、身を包んでいたタオルを振り払い、遊具の外へ向かっていく嫌助の姿が見えた。「やっぱりそうだったのか」と、素直にそう思った。

すなわち、嫌五の下は嫌助の居場所ではなく、気ままに、縛られず、野良で生きていくことこそが、嫌助の猫としての収まりどころであって。

それはつまり、つまり――。

次に目が覚めると、嫌助はいなくなっていた。

去っていく嫌助が夢だったのか、それとも現実だったのか。正直自信がなかったが、今ここにいないことは事実だ。

「……あいつも、野良でやってけるってことか」

誰もいない空間で、あえて嫌五は口に出して言った。

「んはー恥ずかしい。飼いたいなんて俺が勝手に思ってただけってわけか。嫌助なんて名前つけて」

誰もいないベッドの上でそう呟くのは、喪失感を埋めたがる、他でもない自分のためだ。

今になって思い返せば、可愛いからという思いばかりが先行していた。家出までしたし、趣味に走った首輪をつけたし、服も着せたし、べたべたと触りまくっていた。

他にも様々な反省が、後悔が、次々に浮かんでくる。

「んー！」

嫌五はもう一度布団にくるまった。

いつも飄々として、楽しい事だけをモットーに生きる嫌五だからこそ、少し崩れるところだ。この繊細さもまた、嫌五の一面なのだ。

一度閉じてしまったこの殻を破るのは、簡単なことではない。

そのとき、嫌五の携帯が鳴った。

『ふっふっふ。おはようございマス。夜桜の三男さん？』

非通知の癖に、ご丁寧にテレビ電話でかかってきたその向こう側には、ガスマスク姿の男が映っていた。声にはザラザラとした加工がかかっている。

「誰だあんた。何で番号を知ってる？」

『何でって、書いてあったじゃないデスカ。猫ちゃんの首輪に』

そう言って男は、画面の下から、嫌助を持ち上げた。首輪がきらりと光る。迷子になったとき用に、嫌助の首輪には嫌五の携帯の番号が刻まれていた。

幸い怪我（けが）などはしていないようで、無表情でおとなしくしている。

『ワタシのことはジェイとお呼びくだサイ。あなたの猫を預かっている者デス』

「……返すために電話してくれたのか？　ありがとさん」

嫌五がとぼけると、ジェイと名乗る男は、加工された不気味な笑い声をあげた。そして質問には答えず、別の話をし始める。

『ワタシは常々思っていマス。スパイたるものガジェットを使うべしと』

そう言ってジェイは手の甲をこちらに向けて掲げる。手術開始前のようなポーズをとると、手首に装着したリングから無数の武器が現れた。

『これもワタシの自作品。非常にコンパクトにまとまっているリングから、ナイフ、ドリル、火炎放射器……さまざまな凶器が飛び出してくるのデス』

「それがどうしたって？」

余裕ぶって尋ねる嫌五。反応が悪いことにジェイは不満げだ。

『……これはただの自己紹介デス。あなたにお見せしたいものは別にあるのデスヨ。そしてそれは……あなたの猫ちゃんに使いたいものデス』

「……おまえ、嫌助に何する気だ」

嫌五の声が低くなる。家族でさえ普段聞くことのないトーンが、嫌五の焦りを示していた。

『様々な武器、兵器を生み出してきたワタシの技術の粋を集めて作ったのがこちら！』

「やめろ！」

『猫語翻訳機にゃんやく君デス！』

「……は？」

『見ててくだサイ』

ジェイはガスマスクの口元に、にゃんやく君を近づけた。

『あなたの、名前は、何ですか』

ゆっくりはっきり喋(しゃべ)り終えると、そのにゃんやく君を嫌助に近づける。

「ニャ」

嫌助が短く鳴くと、画面に文字が表示される。

〈けんすけ〉

『ほらネ』

「あいつ、ちゃんと名前わかってるんだな……」

『……ん、なんでちょっとじーんとしてるんデスカ？』

直前のセンチメンタルも相まって、涙腺が緩んだ嫌五は、鼻をすすって続ける。

「で？　そのにゃんたらくんが何だっていうんだ？」

『にゃんやく君デス！　わからないのデスカ？　これがあれば、この猫ちゃんに、夜桜家の秘密を洗いざらい喋ってもらえるということに！』

「しまった、それが狙いか！」

『ふっふっふ！　……………ただ、一つ問題がありマシテネ……。まあ見ててくだサイ。

『……夜桜家の、弱点を、教えて、ください』

端末を近づけると、返ってきた答えは。

〈やだ〉

『……やっぱりデスカ』

〈嫌五はともだち。こまること言えない〉

『かつおぶし、猫じゃらし、高級爪とぎ……。何をチラつかせてもこの調子なのデスヨ』

「嫌助……」

『なにまたじーんとしてるんデス！』

嫌五は鼻の下をこすった。

「もーわかったろ？　嫌助を放せよ」

『人も猫も同じデス。口を割らないのであれば、拷問するまでデスヨ』

「何だと！」

『さあ、この子のことを返してほしかったら、この子が思わず喋ってしまうような好物を教えるのデス！』

「……そんな回りくどいことしなくても、嫌助を人質に俺に直接秘密を喋らせた方が早くね？」

映像が止まったかのように、ジェイが停止する。

『……………………あ』

「あ、て」

『いえ、言ったデショウ。スパイたるもの、ガジェットを使って鮮やかに任務を遂行すべし、と。このにゃんやく君を活躍させたいのデスヨ』

「お前がムチャクチャバカなのはわかった」

『考える時間をあげマス。猫か、家族の情報か。ふっふっふ……ふーふっふっふ』

不気味な笑い声を残して、電話が切られた。

話を聞くに、今すぐ嫌助が傷つけられるということはなさそうだ。しかし、いつ奴の気が変わり、もっとひどい手を使い始めるかわからない。そう考えれば、救出は早いに越したことはない。

「……んー、まじかー。いや……」

ふざけたスパイではあったが、おそらくその技術力はバカにできるものではない。多くの兵器が待ち構えているであろうアジトに乗り込むには、相応の準備が必要になるはずだ。

作戦の成功を第一とするなら、家に戻る必要があるのは明白だ。武器の準備や、何なら兄弟に協力を仰いだっていい。

ただそのためには、家出しているという今の立場をどうするかだが……。

「というわけだからさ～頼むよ二刃お姉ちゃん～」

嫌五は家に戻ると、すぐさま居間でお茶を飲んでいる二刃に抱き着いていた。猫なで声でほおずりしながら、その手は肩を揉んでいる。

「何て言って戻ってくるかと思えば……あんたらしいね」

ため息をついて呆れた風ではあるが、二刃の態度は柔らかかった。

「だって、三つ指ついてきちんと謝るなんて俺らしくないし。それに、姉ちゃんに頼み事するならやっぱこのおねだりかなーって」

「はいはい。わかったから、ひとまず座りな」

「どわっ」

二刃の合気で、べったりくっついていた嫌五は引きはがされた。二刃の正面に正座させられる。

やっぱり怒られる、と思い、嫌五は肩をこわばらせた。

「そう固くならなくていいよ。そもそも、家出はあんたが謝ることでもないしね」

「へ？」

嫌五がきょとんとすると、二刃は湯呑(ゆのみ)を置いて向き合った。

「あたしも、つい昔の感覚で頭ごなしに否定しちまった。でも嫌五。あんたももう子供じゃないんだよね。信じてやればよかったし、猫の出自だって、一緒に調べてやればよかった」

予想していなかった言葉に、嫌五は何を言っていいか迷って、声を出せなかった。

「まあ、一度飼うと言った猫をみすみす誘拐されたことにはお仕置きがしたいけれど」

「げ。いやそのそれは何というか嫌助にとって野良の方がいいのかななんてちょっと思って目を離しててあのその」

「わかってるよ。『あの子にとってどうか』をあんたが考えられた証拠だろう？」

「お仕置き」の言葉に一瞬冷たくなった空気も、直後に冗談だとわかる。

「確かに、それまであんたにはいくらか自分勝手なところはあったかもしれないね。だけど、根は優しいあんただ。あの子のことを思っていたのは間違いない。今だって、あの子を確実に救出するために、あたしを頼った」

「ええ、見てたってこと？　姉ちゃんのえっち」

「何、人づてに聞いただけさ」

ふざけてみる嫌五だが、簡単にいなされる。

「そういうわけで、あんたはちゃんとあの猫の面倒を見られていた。それをやりもしないうちから否定したあたしがよくなかったよ」

「……そうだそうだー……。……いや、ううん。そんなことねえ。俺も、ちゃんと姉ちゃんと話そうとしなかった」

嫌五は二刃の話に乗っかって自分の正しさを主張しかけ、やっぱり違うと気が付く。これは、お互い様ってやつだ。

「……そうかい。とにかく、あんたはあの子のために上手くやっていた。うちの家族の愛が行き過ぎがちだから、ろくなことにならないことも多いけれど、あんたはちゃんと冷静さも持てたんだ。立派だよ」

「ああ……」

思い浮かぶ長男の姿。夫に入れ込む10代目当主の姿もうっすらとちらつく。

ああはなるまい、と思うには十分だった。

「そんなあんたが謝ることなんてないさ」

「姉ちゃん……」

ごめんを言う必要はない、と二刃は言った。ならば言うべき言葉は決まっている。

「……ありがとう」

「ああ。でも、それは猫を取り返してから言いな」

「姉ちゃんがいるならもう取り返したようなもんだろ」

嫌五は足を崩してあぐらをかくと、両手を頭の後ろで組んだ。いつもの調子の嫌五に、二刃はふっと笑った。

「そんなこと言って、アジトの場所はわかるのかい？　四怨(しおん)に逆探知を頼もうか？」

「いや」

嫌五は、手元のスマホに地図を表示させる。

「その必要はねえんだ」


〈いらない。いわない〉

「……くっ、こたつでもだめデスカ……」

ジェイがこたつ布団を持ち上げ、温かい空気でこたつの中へ誘うも、嫌助はぷいとそっぽを向いた。

ジェイのアジトでは、依然として嫌助の気を引き、何とか情報を聞き出そうとする作戦が続けられていたが、全く成果は上がっていなかった。

「……はあ。やはり、夜桜からの返事を待つしか……ん？」

そのとき、監視カメラの映像の一つが途切れた。

すぐさま別のカメラで見ると、嫌五が二刃とともにアジトに侵入するところが映っている。

「何故この場所が……しかし、ふっふっふ。このアジトに乗り込もうなんて、無茶をしマスネ。ガジェット好きのワタシ、アジトには無数のトラップを仕掛けていマスヨ。ほうらその先デス」

そう言ってジェイは、ガスマスクのゴーグルの横辺りを触って、ボタンを押した。すると、電源が入って、ゴーグルのガラスが薄く光る。

「ふっふっふ。その部屋はこのワタシ開発のゴーグルを通すことで見える赤外線センサーを避けないとレーザーが侵入者をバラバラに……ってええ！」

ゴーグルで可視化されたからわかる。ふわりと二刃が手をかざしたそばからセンサーとして機能しているはずの赤外線がグニャグニャと曲げられ、人が通れる隙間が空いた。そこを二人が駆けていく。

「ぐぬぬ……。つ、次は手動発動デス！」

そう言ってボタンを押すと、嫌五たちが走っている廊下に巨大な丸ノコが無数に出現し、二人を襲う……が。

二刃が触れると、丸ノコはあらぬ方向へその軌道を変え、他の丸ノコとぶつかり合ってぐしゃぐしゃにつぶれた。どんな攻撃も二刃には届かない。

「こうなれば物量作戦デス！　行け！」

すると、監視カメラの画面を覆いつくすほどの小型ロボットが、次々に二刃に向かっていった。

「そしてここに至るまでのシャッター八枚すべてを閉じマス！」

扉は正常に作動し、小型ロボットも依然、画面を覆いつくしている。

「しかし、あの化け物をいつまで止められるかわかりまセン。アレだけでなく三男もいますし、一旦このアジトは脱出して――」

「どこ行こうって？」

「っ⁉」

言葉にならない声を上げ、ジェイが振り返ると、嫌五がそこにいた。その胸には既に嫌助が収まっている。

嫌五が人差し指で顎下をなでてやると、嫌助は嬉しそうにニャアと鳴いた。

「どうやってここに……」

「あんなにシャッター閉めたら、こっちですよって言ってるようなもんじゃね？」

「だ、だとしてもシャッターを開けるには、ワタシの声紋認証が……」

「ああ……『こんな感じか？』」

その声はまさにジェイ自身のそれだった。しかも、加工していない状態の。

「そんなバカな」

「加工甘いぜ？　俺の耳で聞けば一発で復元できるくらいに」

「クソッ」

ジェイは両腕を上げた。腕輪から、テレビ電話で見た無数の武器が飛び出す。

「長女の戦闘力には敵いませンが……あなたなら！」

「あら、俺ってばなめられてる感じ？」

嫌五に向かって突進してくるジェイ。しかし、嫌五の態度は余裕のままだ。

「姉ちゃんを呼んだのは、確実性のためだ」

嫌五が小さな人形を放ると、瞬間人間サイズに膨らむ。ずらっと並ぶケンゴちゃんは総勢三十体。

「姉ちゃんがカバーしてくれるから、俺は適当に、自由にやれる」

そしてその三十体が合体し――。

「……な、な」

「んで、俺は自由にやった方が輝くタイプだ。いっくぜぇえ？」

巨大なケンゴちゃんが出来上がる。嫌五はその肩に飛び乗った。嫌五と嫌助が、ジェイを見下ろす。巨大なケンゴちゃんの手は、握り締めるのではなく指先を丸めた形になり。

そして、振り下ろされる、渾身の一撃は。

「嫌五猫パンチ！」

ジェイを一発で倒してしまった。

「かしこまりました。私たちが責任を持って管理いたします。のびのびと、安全な地域猫として」
ヒナギク隊員の秋風薫がそう答えた。その孫のもみじが嫌助を抱く。

喫茶ヒナギクの系列店に保護猫喫茶がある。そこでは、保護した猫の飼育、里親募集のほか、個体によっては地域猫として周辺住民の目の中で世話をしていく活動も行っていた。

「本当にいいのかい？」

二刃が嫌五に尋ねる。

「あのスパイの猫語翻訳機のおかげで、嫌助の潔白は証明された。それに嫌五の気持ちも見せてもらった。今ならうちで飼っても……」

「いやいーんだ。俺らが飼う以上、また誰かに狙われちまうかもしれねえ。つきっきりで守るでもいいけど、それじゃこいつも窮屈だし？」

飄々としたいつものテンションで、笑顔の嫌五が言う。

「責任だなんだはやっぱ似合わねー。気ままに、自由に、楽しく！」

嫌五は目線をもみじに抱かれた嫌助に合わせ、その頭をなでた。

「それが俺たちの生き方だ。な？」

「にゃ！」

にゃんやく君がなくとも、互いが何を言っているかは理解できた。

その場の三人が笑った。

「おやおや、こんな短時間で、飼い主にここまで似るとはね」

「観察、共感、同化の達人の俺だぜ。その俺が猫を飼えば一瞬に決まってるわ」

「…………」

「…………」

そこで会話は途切れた。もう、ここですることはない。

「……では」

引きのばしても名残は尽きず、逆に寂しさが募ると考え、あえてもみじはそこで話を切った。抱えた嫌助を奥へ連れて行く。ワクチン接種など手続きは多い。

これが別れだと知ってか知らずか、嫌助は何でもないことのように「ナーオ」と一言だけ鳴いた。

消えていくもみじの背中を、嫌五は何も言わず見ていた。

二刃が優しく嫌五の背中を叩く。

残った薫にも会釈をして、二人は家に向かって歩き出した。

しばらく無言の時間が続いた。

三十歩ほど歩いて、鼻をすする音が聞こえた。

「よく頑張ったね」

「……ズビ」

「今夜は嫌五の好きな寿司でも取ろうかね」

「……コクリ」

「サーモンたくさんいれてもらおうねえ」

「……サビぬき」

「ああそうだね」

姉は弟を慰めながら、ゆっくりゆっくり歩いたのだった。

結局、二週間ほどは嫌五の元気がなかったので、やはり「嫌五に猫は飼わせないほうがいい」という考えは間違っていなかったというのが、長男と長女の中で同意された。

世界一周！　スパイクイズ大会

Mission:
Yozakura Family

情報を扱うスパイにとって、それは、スパイとしての真価を問われるものといえる。

集めた知を自らの脳に集積し、適切な場面で瞬時に引き出し、披露する。情報の量、正確性、取り扱い、全てを満たした者にだけ、祝福の鐘が鳴り響く。

『童話『仁義なき桃太郎』第一章で、桃太郎の前に立ちはだかったかつての親友が持つ武器は何でしょう？　正式名称で答えよ』

待ち受けるは、超難問の高い壁。挑む姿は、さながら頭脳の総合格闘家。

「超重量殲滅兵器　ＯＮＩ＝ＫＯＭＢＯ！」

今、そんなスパイたちの、スパイクイズ大会が行われていた！

『正解！』

ピンポンピンポンという気持ちのいい音が鳴り、六美は太陽とハイタッチを交わした。

「流石六美だな」

妻の活躍に、太陽は笑顔を咲かせた。六美も胸を張ってドヤ顔を見せる。

「こんなのベタ問よ」

「ベタ……何？」

「ベタな問題。要するに、解けて当然のよく出てくる問題ってこと。それよりも、ちゃんとこのクイズを見つけて守ってくれた太陽の方がよっぽどすごいよ」

世界各国を移動しながら行われるこのクイズ大会。オーストラリアで行われたこの一回戦は、国内に隠されたクイズを見つけ、それを会場に持ち帰って解答するという形式だった。

「会場付近でクイズを奪おうとする挑戦者がいっぱいいたからな……」

「でも、みんな蹴散らしちゃう太陽、かっこよかったよ」

一回戦はバトルロイヤル形式で、同時に数多(あまた)の挑戦者がこのオーストラリアの地に放たれた。当然、妨害ＯＫ。国自体がひとつの大陸でもある広大なこの国を探し回るより、解答場所で待ち伏せしてクイズを奪った方がはるかに楽だと考えるプレイヤーは後を絶たない。

「ただでさえ夜桜(よざくら)家は敵が多いってのもあるし……」

婿であり、業界歴の浅い太陽＆戦闘力を持たない六美のペアは、他参加者にとって恰好(かっこう)の的だった。太陽はげんなりとして言った。

「ペアの相手、俺でよかったのか？　そりゃ六美のことは死ぬ気で守るけど、クイズは全然わからないし、他の兄弟の方が……」

「もう、今更そんなこと言うの？」

六美はむっと頬を膨らませた。

「仕事や警備の関係で中々まとまった休みが取れない私が海外旅行なんて、こんなチャンス滅多にない。その旅行を太陽と過ごしたいのは当然でしょう？」

「それは嬉しいけど……」

六美は不満顔を変えて、笑顔で言う。

「それに太陽なら……ううん。太陽と私でなら、かなりいいとこまで行けると思ってるよ」

その言葉を聞いて、太陽は頷き自分の両頬を軽く叩いた。

「……よし！　六美がそう言ってくれるならもう悩まない。俺、絶対優勝する気でいるから。六美こそ頼むな」

不安を吹っ切った太陽が、六美に笑いかけた。

「お、太陽も本当はやる気なんじゃない。いいよ、任せておいて」

太陽の前向きな様子を見て、六美は満足気だ。

（そう、こんな機会は滅多にないの。だから……）

その笑顔の裏で、六美は出発前のことを思い出していた。


「スパイクイズ大会……これ、今年もやるのね」

招待状を片手に、六美がリビングで呟いた。

その場には、オフの四怨、嫌五、七悪が居合わせていた。

「招待状届いたんだ？」

七悪が尋ねると、六美は頷いた。

「ペアでの参加みたい。七悪、また一緒に出る？　料理大会のとき手伝ってくれたし」

「いやあ、同じメンツじゃつまんねえだろ。展開的に」

嫌五が横から言う。

「展開的にって……じゃあ、四怨姉ちゃん？　クイズとか得意でしょ」

「やってもいいけどさー」

手元でゲームをしながら、四怨が答える。

「それって海外巡るんだろ？　一緒に行くのあたしでいいのか？」

「そういえばそっか」

言われて、旅先のことを想像する。その国でしか見られない絶景、建造物、現地の料理。

ちょっとしたトラブルだって終わってみればいい思い出になる。そんな場面に隣にいてほしいのは……。

「絶対太陽ね」

一度抱いたこの思いはもう覆りそうにない。

「ちょっと遅いけど、ある意味新婚旅行みたいな感じだね」

七悪がそう言った。太陽と六美は新婚旅行に行っていない。裏社会に入ったばかりの太陽にはやらなければいけないことがたくさんあったし、常にその命を狙われている夜桜家当主が海外に行くのは安全上のリスクが高い。今回のように業界関係者が警備含むいろんな手配をしてくれる場合ならまだしも、二人で新婚旅行というのは諦めざるを得なかったのだ。

新婚旅行というワードを聞いて、嫌五は意外そうな顔をした。

「あれ、そっか。お前ら結婚してまだ一年くらいか」

「思えねー。長年連れ添ったジジババの雰囲気出てるじゃねえか」

四怨もそれに同意する。

太陽六美夫婦の息のピッタリ具合は、信頼し合った絆(きずな)を感じさせる。誰の目からも明らかな仲睦(むつ)まじい夫婦だ。

「付き合い自体は長いからね」

六美は鼻を高くする。

しかし、嫌五はいやいやいやと突っ込んだ。

「いや褒めてない。お前らまだ十代だろ？　そんなうちからその空気って……大丈夫か？」

「大丈夫？　何が？」

「これから先何十年だろ？　今のうちからそんなんじゃ、ずーっとマンネリになっちまうんじゃね？」

「いやいやいや、私と太陽に限ってそんな」

嫌五にからかわれ一応考えてみるが、いまいち想像はできなかった。祖父母である万（ばん）と京子（けいこ）のように、いくつになっても仲良しの例を見ているし、太陽となら、ただ縁側でお茶を飲んでいるだけで千年過ごせると思えた。

「まあ確かにお前らの心配はしてねえけどさ……若いうちに熱々新婚期を楽しんでおかないと、もったいないんじゃないかって話だよ」

四怨が言うと、ニンマリ嫌五が笑った。

「よし、六美。今回の旅で太陽のことキュンっとさせろ。それはもうキュンキュンに」

「キュンキュンって」

そのワードに笑いながらも、六美はこちらも想像してみた。

言われてみれば、最近の太陽は六美の愛を真っすぐに受け止めてくれるばかりだ。夜桜の過酷な運命を前に、一般人からあっという間に裏社会に染まって、それでも六美を守ると誓った男の愛は、海より深い。それ自体は、六美にとってたまらなく嬉しいことだ。家族となることに恐怖を抱いていたころから思えば、ありがたいとも思う。

しかし、まだまだ付き合って間もない二人なのだ。

もっとキュンキュンさせたい。手が触れあってドキッとか、不意に見せる仕草にドキッとか、そういうのがしたいのだ。夜桜家当主だってやっぱり十代の少女だから。

「絶対見たい」

そう思ってからの意志はこれもまた固かった。照れている太陽、絶対見たい。可愛いだろうし、なんというか、照れさせたいのだ。なんてったって、妻なんだから。

そんな思いを胸に、六美はスパイクイズ大会へと向かったのだった。

(この旅の裏目的、それは「太陽をドキドキさせること」!)

そうして、クイズ大会とは別の戦いが始まっているのだった。

旅行を長引かせ、チャンスを増やす意味でも、このクイズでは一つでも多く勝ちたい。

優勝賞品の純金製雪ちゃんスフレ人形はいらないけれど。

オペラハウスで見つけた「超重量殲滅兵器　ＯＮＩ＝ＫＯＭＢＯ」の問題に正解し、一ポイント獲得。

制限時間終了時に、得点の多かった上位三十二ペアが二回戦に進むことができる。まだまだオーストラリア各地を回ってポイントを稼がなければいけない。

「行こう太陽。次は私、エアーズ・ロック見たいな」

「よし行こうか」

次のクイズを探しに出発する。

（……とはいえ）

六美だって太陽が初恋の相手。相手を照れさせる恋愛テクニックに自信があるわけではなかった。

少女漫画、雑誌、インターネット、記憶に残る両親と祖父母の様子。あらゆる知識を総動員し、見様見真似でやってみる。

（まずは……不意のボディタッチね）

六美は、さりげなく手をつなごうと、太陽の右手にロックオンした。その手は軽く開かれ脱力している。指を絡ませるのはそう難しい事ではなさそうだ。

やるぞ、という気合が入っているせいで、変に緊張してしまっている。タイミングを窺い……、今――。

「六美」

「えっあっ何？」

と手を伸ばしたところで、その手が急に引っ込んでしまった。

六美も行き所を失った手を後ろに隠す。

「下がって」

彼女が摑むはずだった手には、夜桜式電気銃・八重が握られていた。六美も敵襲だと気付き、太陽の背に隠れる。

「また他チーム？」

「いや、あれは……」

太陽の視線の先、そこにいたのは――。

「マッチョなカンガルーだ」

「マッチョなカンガルー⁉」

肩周りの筋肉が発達し、前脚を閉じることができず、常に胸を張ったような姿勢のカンガルーが立ちはだかっていた。

「野生のカンガルーかしら……。流石オーストラリアね」

「違う。あれは……クイズの隠し場所だ」

「えっ⁉」

よく見ると、その周りには、何人ものスパイが倒れていた。

そしてカンガルーは太陽と目が合うとニヤリと笑って、クイズが入っているだろう封筒を見せつけた。このカンガルーは大会が用意した障害というわけだ。

この業界、調教した動物のスパイは少なくない。それでも、カンガルーのスパイは六美も初めて見た。目立たないための動物スパイなのだから、日本(にほん)にカンガルーのスパイがいないのは当然なのだが。

「あのカンガルーとタイマンで勝てばクイズがもらえるってところね。行ける？　太陽」

「……ギリ」

「ギリなの⁉」

「あのカンガルー、相当強い」

先ほど数々のスパイを軽く返り討ちにした太陽の首筋を、冷や汗が伝った。

カンガルーが臨戦態勢に入る。二人の間の空気が張り詰める。

そして、戦いの火ぶたが切られた。

「強敵だった……」

辛くも勝利……というか、カンガルーに実力を認められ、太陽たちはクイズを手に入れた。

動物的な身のこなし、カンガルーの武器であるジャンプ力に加え、発達した前脚から繰り出されるパンチは、硬化の開花を持つ太陽でさえ、何度も受けられるものではなかった。

いきなり全力を出し、短期決着に持ち込んだ太陽の作戦が功を奏する形となった。

「すごいよ太陽！　ナイス！」

そう言って傷ついた太陽の手当てをする六美は、今は照れさせるタイミングじゃないと諦める。

旅は長いし、オーストラリアは広い。チャンスはまだまだあるから、と。

その後も、行く先々で出会う人々と現地語で仲良くなったり、コアラを同時に十五匹抱っこしたりして、順調にクイズを集めるが、なかなか太陽をキュンとさせることはできなかった。

直球勝負と意気込み水着を持参したグレートバリアリーフでは「サンゴ礁はゴツゴツしてるからきちんと厚手のウエットスーツにしないと危ないよ。特製のやつ持ってきたから上から着てね」と太陽が言い。スタイルもなんもない、宇宙服みたいなダイビングスーツを着せられては、ドキドキも何もなかった。

（できないんじゃないの。大会に負けるわけにはいかないから、今じゃないってだけ……！）

心の中で自分に言い訳をして、上手くいかない焦りを落ち着かせる六美だった。

ちなみに、海岸で夕陽を見ながらカップルドリンクを飲んだり、ミートパイをシェアしてあーんしたりはしているのだが、十分バカップルであることに自覚はない。

「ちよもみん」

「三十五人」

「桜事主」

『全問正解！』

そうして、集めたクイズに、見事全て正解した太陽・六美ペアは見事、一回戦を通過したのだった。

照れさせることはできなかったが、夜桜家当主として英才教育を受けた六美の知識量は実は相当なものなのである。そしてそれを守る騎士・太陽もまた、夜桜にわずか一年で順応した驚異的な存在であるのだ。

一回戦突破は容易いどころか、普通に優勝候補と目されるポイントを獲得した。

——そして、二人はまだ知らなかった。太陽はじめ多くの参加者が苦戦したカンガルーを一瞬で倒し、一位通過したペアがいることを。

「フランス、一度来たかったのよね」

シャンゼリゼ通りを歩きながら、六美はパリの空気を楽しむように両手を広げた。

バトロワ形式の一回戦を抜けると、ここからはトーナメント戦だった。一回戦と違い、試合以外の自由時間がそれなりに用意されている。

二回戦に臨む前に、太陽と六美は、ゆっくりとフランス観光を楽しんでいた。

この時間はクイズのことを忘れ、デートを楽しむことができる。六美にとっては絶好のチャンス。

しかし、オーストラリアでことごとく空振りだった六美の思考は、ドツボにハマっていた。

パリの街を歩きながら、店を見て回る。高級ブランドのブティックの前を通りかかった時、六美は太陽の腕(うで)をくいっと引っ張って足を止めた。

「ねぇ〜たいよぉ〜私これほし〜い……なぁ」

体を寄せ、うるんだ目で上目遣い。間延びした甘ったるい声で、おねだりをする。小悪魔的な要素を取り入れた、嫌五直伝のテクニックだ。

しかし。

「六美が欲しいものなら、何でも買ってあげるよ」

普段と明らかに違う態度にも平常心、太陽の「六美のお願いなら何でも叶える」が先に来てしまい、おねだりに照れるとかそういう話ではなくなってしまう。

「えっ、あ、ありがとう……」

おねだり自体が目的になっていて、商品に目がいってなかった六美は、フランスパン型のバッグを受け取っていた。

その後、ルーヴル美術館やオペラ座にも行ったが、元々六美がずっと行ってみたかった場所であり、観光に夢中で照れさせるどころではなかった。特に、自身も趣味でヴァイオリンを弾くほどクラシック好きの六美は、オペラ座を出てからしばらく興奮状態が続いた。

そんなこんなで、パリを隅々まで満喫し、旅行としては百点の時間を過ごしつつも、六美さんの大作戦はことごとく失敗に終わり、あっという間に夜になってしまった。

ディナーにはホテルの最上階、夜景の見えるレストランを訪れていた。

隅から隅まで高級感にあふれた店内は、席と席の間が広くとられており、フロアの客数が少ない。物静かな店内の窓際の席で、慣れないスーツに身を包んで、背筋をピンと伸ばして座る太陽がいた。

「こんな高級店、初めてだから緊張するな」

「あら、決まってるわよ。今のところマナーもばっちりだし」

一方の六美は、幼いころから夜桜家当主となるべく育てられており、このような高級レストランでの振る舞いも心得ている。紺のドレスをまとい、座る姿は気品と同時に余裕も感じさせた。

「飛行機で六美に教わった甲斐があったよ。おかげでこんないい景色を見ながら食事ができる」

そう言って二人は窓の外に目を向ける。

「そうね、すっごいきれい……！」

ライトアップされたエッフェル塔やシャンゼリゼ大通りが視界に広がる。紫がかった夜の闇に暖色の光が瞬いて、六美は思わず息を呑んだ。

「こういう景色を直に見られるのが、やっぱり旅行の醍醐味よね」

「これが百万ドルの夜景ってやつだな。いや、フランスだし百万ユーロか？」

太陽は無邪気に笑う。

「ふふ。それは違うわよ太陽。百万ドルの夜景って言葉は元々、日本で生まれた言葉なの。神戸の夜景と当時の電気代を言ってね。だから、通貨単位は場所とあまり関係ないわ」

「へえ、六美は物知りだな」

そのとき、六美はハッとする。こんな場面におあつらえ向きのセリフがあるではないかと。

思いついたと思った次の瞬間には口が動く。

「……でも、この夜景より、君の笑顔の方がよっぽど価値があるよ、太陽……」

決め顔、やや低音のねっとりボイスが、その場の空気を凍らせた。

スベる、とはまさにこのことを言うのだろう。

「……あ、うん」

太陽が困ったように目をそらした。

店内が一層静寂に包まれた気がした。

(……って、絶対ちがーう！　うんちく披露して、ドヤ顔でキザなセリフでスベるって、地獄過ぎる……)

心の中で半泣きセルフツッコミをしていると、太陽が慰めてくれる。

「……長旅で疲れたよな？　今夜は早めに部屋に戻ろうか」

「う、優しさが沁みる」

太陽を照れさせたいなんて、不純な動機で挙動不審になっていることが情けなくなってきていた。

しかし、だからこそ後には引けない。もはや成功の絵図は描けないが、ここまでの苦労を無駄にしたくなかった。ちなみに、こういう「それまでかけた労力を惜しんでさらに多くのコストを支払おうとしてしまうこと」を「サンクコスト効果」とか「コンコルド効果」という。これもクイズに出るかもしれない。

疲れからかそんなどうでもいいことまでもがよぎる中、今日までにスマホで調べた『ドキッとさせる一言』を脳内から検索する。

（えと……えと……）

そんな中、ヒットした言葉を藁にもすがる思いで発する。

「ねえ、太陽。私に言わなきゃいけないことがあるんじゃない？」

「…………」

「…………」

（……って、これもちがーう！　こういうドキッとじゃないのよ）

六美は長いため息をついた。今日はもう無理そうだ。

「ごめん忘れて。やっぱり私疲れてるみたい。今日はもう戻って――」

「そそそそうか？　べべべべべ別に隠してることなんてなななななな何もないぞへへへへへ部屋に戻ろうかかか」

顔面真っ青、滝のような汗をかく太陽がそこにいた。食後のコーヒーカップを持つ手が震えカタカタと音を立てている。

「ええと……う、ウフフフ、そ、そうね」

「ハハハハハハ」

誰の目から見ても、何か隠していることは明らかだった。それは太陽も自覚するレベル。見てはいけないものを見てしまったときの空気が流れる。

「イ、イキマショ。オイシカッタワ」

「ソーダナ」

張り付いた笑顔、無理やり上がった口角から発せられる言葉は片言で、ロボットのような動きで席を立つ。

見てしまった者と見られてしまった者、お互いにぎこちないやり取りで、その日を終えるのだった。

『さあ、二回戦が始まるっス！　トーナメント形式となる二回戦からは実況をウチこと宇佐が務めさせていただくっス』

凱旋門前。どうやったのか一般人を捌けさせて設置された会場で二回戦が行われていた。

垂れ耳のウサギのような長い耳当ての飛行帽を被った彼女は、裏ゴシップ誌『スパイデー』の記者、地獄耳の宇佐。かつて太陽とともに銀級昇級試験を受験したこともある。

彼女の実況に加え、観覧客もいるようだが、明らかにカタギではない、同業者のオーラをまとった人間しかいない。

『取材ついでに実況やってこいって言われたっス。ウチは記者であって、前に出るのは嫌っていったのに……出版業界はやっぱりブラックっスね……』

運営の闇について少し愚痴られたところで、何らかのカンペが出された。それを見て宇佐が何度かぺこぺこと頭を下げると、慌てて台本をめくって会を進行する。

『と、ともかくそんなわけで、二回戦開始っス！　この世界横断スパイクイズ大会は、スパイデー、雪ちゃんスフレでおなじみ五花亭の協賛でお送りするっス～！』

宇佐がたくましくスポンサー宣伝もしたところで、第一試合が始まった。

いきなり、太陽・六美ペアの出番である。

ステージ脇で、六美はチラと太陽の表情を窺う。太陽も同じタイミングでこちらを見ていて、ばっちり目が合った。

「頑張ろうな」

そう言って微笑みかけてくる太陽に、六美も同じように笑顔で頷き返す。

しかし、六美の内心は昨日のことでいっぱいだった。

(太陽が私に隠し事? そりゃ一つや二つあってもおかしくはないけど、あの動揺の仕方は一体……。ああ、気になる。私は私でそれまでの奇行で不信感を与えてるし……)

『それでは、登場をお願いするっス! 一回戦では夫婦のチームワークを遺憾なく発揮し上位通過。夜桜夫妻チームっス!』

会場にアナウンスが響き、六美は切り替えるように努める。目の前の戦いに集中することが優先だ。

スタッフに案内され、二人は舞台に登場する。舞台上には、講演台のような解答席が二つあり、それぞれに二つずつ、ボタンが設置されていた。背面には、大きなモニターがあるが、位置的に出場者ではなく、観覧客が見る用の物だろう。

装飾はあるが、クイズに関係する設備はそれくらい。今のところシンプルなクイズが出題される雰囲気だと推測した。

太陽と六美がそれぞれ早押しボタンの前に立つと、対戦相手が入場する。

『続きましてはこちらの方。「ウザキモスパイランキング」で、かの夜桜凶一郎(きょういちろう)氏と毎回優勝争いをしている銀級スパイ、星降月夜(ほしふるつきよ)氏ッス！』

「「げ！」」

「また会ったね太陽。それに夜桜当主も」

颯爽(さっそう)と登場し、トレードマークのモノクルをキラッと輝かせたのは、太陽のストーカー、星降月夜。甘いマスクとは裏腹に、そのねっとりしたキモさからアンチは後を絶たない。

「もっとも、僕は脳内で一日三回、現実でも週五回はストーカーして君と会っているから、久しぶりの気はしないのだけど」

「相変わらずのキモさ！」

太陽は鳥肌(とりはだ)を立てて距離を取った。六美はその間に立つ。

「待ってこの大会はペア参加のはずでしょ？　また手伝ってくれる人見つからなかったの？」

その問いかけに答えたのは月夜とは違う声。

「いるいる！　俺がいるよ！」

「あなたは……道端(みちばた)くん？」

ヘッドバンドに不織布マスクが特徴の、太陽と六美のクラスメイトでもあるスパイだ。

お世辞にも有能とはいいがたいが、影の薄さを活かし、何とかスパイとして活動している。

『あ、すみません忘れてたっス。星降氏のパートナーは、銅級スパイ、溝端葉助氏っス』

「道端草助だよ！」

存在感を消せるのはスパイにとって大きな強みになるはずだが、使い方も重要という好例である。

「彼が出たいというのでね。チームを組むことにしたんだ」

「カップルで出場するようなリア充を叩きのめすんだ俺は！」

「自他ともに認めるプレイボーイの僕としては相容れない思想だけどね。愛は止められるものではないし」

獣のようにうなりながら呪詛を呟く草助と、涼しい顔で気持ち悪いことを言う月夜、相性は悪そうに見える。

「本当はぜひとも太陽と出場して、海外旅行しながら愛を深めたかったんだけど。残念ながらその役は君に取られてしまったからさ」

「取るも何も、太陽は私のですが！」

「できる限り傍にいられるように、僕も出場したのさ。僕が勝ったらパートナー代わらないかい？」

「話聞いて！」

『あのーそろそろルール説明に入ってもいいっスかね……』

癖のある参加者を捌かなければいけない進行役は思った以上に大変な役回りのようだ。押し付けられた仕事にしては大変すぎると、太陽は宇佐に同情した。

やっと現場が落ち着いたところで、宇佐が説明を始める。

『コホン。二回戦はペア早押しクイズっス。答えがわかったところでボタンを押したら、そのパートナーの方が解答するっス。五問先取で勝利。二問間違えたら失格で相手の勝ちっス。間違えた問題はそこで終了で、相手が答えることはないっス』

ルールを聞いて六美が瞬時に戦略を練る。

「ペアらしいクイズが来たわね。太陽、ボタンお願いできる？　私は、知識はあるけどスパイたちの反射速度には敵わない。太陽なら押し勝てるはず」

「六美がわかりそうなところで俺がボタンを押せばいいんだな。わかった」

その様子を見て、月夜は妖しく目を細めた。

第一問が読み上げられる。

『問題　直訳すると「あまいわ――」』

ピポーン

「え？」

一瞬の出来事に、太陽が声を上げる。

にやりと草助が笑って、答える。

「ハニートラップ」

即座に正解の音が鳴った。

『「直訳すると「甘い罠（わな）」という意味である、主に女性スパイが色仕掛けで男性ターゲットから情報を引き出す諜報（ちょうほう）活動を何という？」正解は「ハニートラップ」っス！』

月夜・草助チームに一ポイントが加わる。

「は、速い……」

太陽は驚き、六美はやられたという顔をした。

「ドンマイ太陽。今ぐらいのスピードでも私正解できるから、次取っていこう？」

「そ、そうなのか……？」

「うん。『直訳すると』という言葉が出た時点で、その後にほぼ答え同然の言葉が来ると準備できる。しかも大体は英語ね。英語以外だったら『○○語で〜』と始まることが多いから。そこまでわかっているなら、あとは何文字目まで聞いてわかるかの勝負だったのよ」

「そんなことまで知ってるなんて。すごいな六美は」

「ふふ、勉強したの。私がクイズ担当、太陽がギミック担当として、協力して勝ち進みたかったから」

「六美……」

「そこ、イチャイチャすんな！　正解したのはこっちだ！」

「でも、よく相手チームも正解できたな」

ギャーギャーいう草助を無視して太陽が疑念を口にすると、それをしっかり聞いていた月夜が答える。

「ふふ。最近の僕は太陽に夢中だけれど、元々の僕は、誰だって愛するプレイボーイだったんだ。相手のことを調べつくすのは朝飯前。道端くんの知識量だって把握済みさ」

「ちょっとキモいけど、自分のこと知ってもらうなんてあんまりないからほんの少しだけ気持ちよくもあるぜ」

前髪(まえがみ)をかきあげる月夜と、照れ笑いを浮かべる草助。歪(いびつ)なチームのようで、なんだかんだで正解しているのは紛れもない事実だ。

「相手より先に押す……相手より先に押す……」

次の問題は落とすまいと、太陽は集中し、今の反省を脳内に叩き込む。

「落ち着いて。まだ始まったばかりだから」

そう六美が声をかけるが、言い切るのを待たずに第二問が読まれ始める。

『問題「なんで――』

ピポーン
「しまった！」

太陽は自らボタンを押した瞬間に、苦い顔をした。解答権は六美に渡る。

「……白隠舎（はくいんしゃ）」

しかし、わずか三文字ではどうしようもなく、六美のあてずっぽうの答えには「ブー」という不正解音が返された。

「ふふふ、うれしいよ太陽。僕のことをそんなに熱心に見てくれるなんて」

「くそっ、はめられた……！」

不敵に笑う月夜に対し、悔しそうにする太陽。

「『相手より先に押す』、そのために太陽は、僕の筋肉を観察して押し始める直前を察知しようとしていた。僕はその視線に気づいたから、まだわからないタイミングでわざと押すふりをしたのさ。筋肉の動きにだけ集中していたから引っ掛かってしまったんだね。うっかり屋なところも素敵だな」

会場に向けて、月夜は今起きたことの解説をした。クイズ外で起きるレベルの高い攻防に観客がどよめく。

二問不正解の時点で失格となるため、太陽と六美はこれでもう間違えることができなくなった。点数のリードも許し、状況は不利。二人の間に、緊張が走った。

その様子を見て、月夜がいぶかしむように顎に手をやる。

「……君たち、なんだかぎこちなくないかい？」

その指摘に、太陽も六美も答えられない。

月夜は疑問点を具体化する。

「君たちはもっと信頼し合っていたはずだ。それなのに今日は、どこかお互いを信じ切れていないようにみえる」

「あれだろ。ラブラブカップルだと思ってたけど、いざ旅行とかで長い時間一緒にいると嫌なところが目につくようになるやつだ。リア充もこんなもんだ、へっ」

「僕の愛する太陽を任せているんだ。そんなことでは、やはり僕がもらった方がいいかな」

好き勝手言われているようで、心当たりがあるのは、他でもない二人がよくわかっていた。ここまでの六美の空回り、昨夜のレストランでの一幕。

このままではまずい。試合も、お互いの関係としても。

動いたのは六美だった。

「……すみませーん！　うちの旦那が強く押しすぎちゃったみたいで、早押しボタンが壊れちゃったんですけど」

「え？」

太陽が六美の顔を窺うと、六美はアイコンタクトで返す。

「……あの、この通りで」

太陽が握りつぶした早押しボタンを掲げた。

『ええ、トラブルっスか⁉　勘弁してほしいっス……』

しょんぼりした宇佐が駆け寄ってきて、修理のために一時中断が挟まる。

一度参加者はそれぞれ舞台袖に捌けた。運営スタッフは慌ただしく動いており、太陽と六美は二人きりになる。

「話がある、ってことだよな？」

「ごめん太陽！」

太陽の問いかけに答えるより先に、頭を下げたのは六美の方だった。太陽はおろおろとしてしまう。

「この旅行中、私変だったよね？」

「いや、そんな……。まあ、ちょっとだけ」

否定しかけるが、苦笑いで太陽が認める。

六美は一度深呼吸をし、意を決して顔を赤くしながら言った。

「実は私……太陽のこと照れさせたかったの！」

「へ？」

「だって最近の太陽、何しても喜んでくれるけど、なんかこう『いつもありがとうね』みたいな、穏やかな感じだったから。もちろんそれも嬉しいし、深く愛されてるなあって感じがして、大好きだなあって思うんだけど……でもどちらかと言えば私ばっかりドキドキさせられてるから、私も太陽をドキッとさせたかったの。太陽が顔真っ赤にして照れてる姿を見たかったのー！」

精一杯話す六美は、まるで子供のようだった。その勢いに、太陽は少しだけ驚いた。

「そ、そんなこと思ってたのか」

「うう……恥ずかしながら……」

「恥ずかしくなんてない。嬉しいよ。俺のこと想ってくれて」

太陽はいい顔で笑った。

「ほら、またそういう感じ～！　でも、それでもいい～すき～！」

その勢いで抱き着く六美の頭を、太陽はしばらくなでていた。
一、二分ほどそうしていただろうか。
「はあ、言い切ってすっきりした」

言葉の通り、ため込んでいたものを吐き出して、六美はすがすがしい顔をしていた。

するともちろん、今度は太陽の番だ。躊躇(ためら)いがちに、太陽は声を絞り出す。

「あの、六美、俺」

「いいの」

しかし、太陽が何か言いかけるのを、六美は遮った。人差し指をそっと太陽の唇(くちびる)に当てる。

「私わかるよ。太陽が秘密にしていることは、私と違って今言えることじゃないって。でもね、太陽が何か隠しててもいいの。私、太陽なら信じられるから。昨日は、私の方も心の余裕がなくて、ちょっと驚いちゃったけど……。でも、やっぱり大丈夫。太陽が何か隠してても、私のためを思ってくれてるって信じられるから」

六美は太陽の手を握った。

「六美……」

太陽は手を握り返す。この件に関してそれ以上の言葉は必要なかった。

「さ、この話はおしまい。本題だけど——」

「え、今のは違うの？」

「今のは大前提。これからするのは、勝つための作戦会議よ」


思いを新たに、二人は再び解答席へ向かう。

『次からボタンを破壊したチームは失格にするっス。運営上仕方ないっス。みなさん気をつけてほしいっス』

少しぐったりした様子の宇佐のアナウンスで、試合が再開する。

月夜は戻ってきた二人の表情を見て、満足そうに笑った。

『さあ、再開して、次の問題行くっスよ！』

ピポーン
問題が読み上げられていない、おかしなタイミングでボタンが押された。押したのは、太陽。

「おいおいまた早とちりかー？　これでお前らは二問不正解で失格。俺たちの勝ちだぜ！」

勝利を確信し、草助がニヤニヤと煽（あお）った。会場も押し間違いでのあっけない決着に、困惑ムードが流れる。

「俺たち結構やれるな相棒」

草助が月夜の肩を叩いた。しかし、月夜は失望を隠さない苦笑いで、その手を払う。

「え?」

草助がポカンとしているうちに、六美は自信を持って答えた。

「ドルフとイルカスキー」

すると、会場に鳴り響いたのはピンポンピンポンという軽快な正解音だった。

「よしっ! ナイス六美!」

「太陽も完璧だったよ!」

二人はお互いを称(たた)えてハイタッチをする。

「はあ? 何でだよ!」

頭にはてなを浮かべる草助と観客に向け、宇佐が問題を解説する。

『見事な正解っス! 「二頭ともおでこのキズがトレードマークの、ポセイドン水族館で活躍するイルカスパイは何と何?」 この問題が、実はウチの仕草の中でモールス信号として出題されていたっス!』

「な、なんだって……」

参加者で唯一気付いていなかった草助がショックを受ける。

月夜はそんな草助には目もくれず、見事正解した二人を見て、楽しげに笑った。

「自分が気付いても、パートナーが気付いていないと意味がない。この問題でボタンを押すのは他の問題以上に難しいはずなんだけど……ふふ、さっきの時間何をしていたのかな」

「さあな」

太陽は不敵な笑みで返した。

「え？　お前ら袖で何かしてたのか！　やらしい……」

「そういうのじゃないって！」

草助のあらぬ誤解は解きつつ、本当のトリックについては伏せたままにする。

カギとなったのは桜の指輪。

それは太陽と六美の絆の証であると同時に、お互いの波長で共鳴し、鼓動を伝え合うことができる。

もちろん複雑な情報を伝えられるわけではない。メッセージを送るというよりは、二人の状況が自動的に伝わるような、曖昧なものだ。「答えが完全にわかる」のか、「答えが二つに絞れた」のか、そこに区別できるだけの差はないはずだった。

しかし、想い合う二人ならば、そこに込められたものを感じ取ることができる。その鼓動の向こうの六美が正解することを信じ、ボタンを押すことができる。

スパイ界では、参加者が取れる手段は全てルールの範囲内であり、咎められることはない。

そこからは一方的だった。

四問連続正解で、月夜・草助チームを一瞬も寄せ付けない。

『夜桜チーム、あっという間にリーチっス！』

というか、たまたま「ハニートラップ」が草助の守備範囲の知識だっただけで、実はあんな速度の押しはそうできるものでもなかった、というのもあったのだが。

『とはいえ、夜桜チームは既に一問も間違えられない状態。ここからの逆転もありえるっス』

観客を意識し、試合の緊張感を持続させるため、宇佐が釘をさす。

参加者たちが、一層気を引き締めると、最後の問題が読み上げられた。

『問題　グアムの断崖絶壁にあるとされる、超一流のスパイカップルが――』

ピポーン
ボタンが押される音がすると、今までとは違う色のランプが点灯した。押したのは、太陽でも、月夜や草助でもなかった。

『なんとこれまでと違い、ボタンを押したのは太陽氏ではなく六美氏！　この作戦、吉と出るか凶と出るか……。太陽氏、答えをお願いするっス！』

「……ハート電子ロックウォール？」

一瞬の静寂。

判定まで少しのタメがあり、そして。

ピンポンピンポンピンポン！

二回戦通過決定を告げる、一際大きな正解音が鳴り響いた。

「やったね太陽！」

ほっと、太陽が安心したように息をつくと、六美がその横から抱き着いた。

『「グアムの断崖絶壁にあるとされる、超一流のスパイカップルが愛を誓って、互いの生体認証でのみ開くハート型南京錠（なんきんじょう）をかけるスポットはどこ？」　正解は「ハート電子ロックウォール」っス！　この勝負、五問先取で夜桜夫妻チームが三回戦進出っス！』

ハイテンションの宣言とともに、銀テープと紙吹雪（ふぶき）が発射され、会場は拍手に包まれた。

「悔しいけど完敗だわー。スゲーよお前ら」

草助が、それまでのやっかみは収めて、試合後の選手らしく爽やかに賛辞を贈る。月夜も上品に拍手をしながら近付いてきた。

「お見事。かなりニッチな知識だと思ったけど、よく知っていたね」

「いや、たまたま調べたことがあって……」

太陽は謙遜するような苦笑いを浮かべて答える。

「しかし、最後急に解答者が交代するのはリスクがあったんじゃないかな？　打ち合わせしていたようには見えなかったけれど」

文句というわけではなく、純粋な疑問といった感じで月夜が尋ねる。

「君たちは誤答リーチがかかっていたし、僕たちの正解数はまだ一問。何かリスクを冒す場面ではないはずだけれど」

すると六美は不敵に笑って返した。

「リスクリターンじゃないわ。あの時点では私も答えがわからなかった。でも、太陽がわかるって、そう思ってたのが伝わってきた。なら私はそれを信じる。それだけのことよ」

「……ブラボー。美しい想いだね。僕好みだ」

月夜は握手を求めて、手を差し出す。太陽がその手を握ろうとするが、六美はそれを止めた。

「太陽。ろくでもないことに使われるからやめておいて」

「おっと、失敬な。銅級試験の時につないだ手の感触と同じように保存しておくだけだよ。今回は匂い皮脂繊維全てね。できれば保存用のほか、観賞用と着装用も——」

「キモ……」

太陽は出しかけた手を引っ込めるのだった。

そこからも太陽・六美ペアは順調だった。

ガオンモールの本屋「みーちゃんの本棚（ほんだな）」のみーちゃんと、「故人図書館（こじんとしょかん）」館長のめーちゃんの姉妹ペアや、ヒナギクの翠（すい）・王牙（おうが）ペアなど、強敵を相手にするも、接戦の末に勝利を収め、見事決勝進出を決める。

そして今、決勝戦の開催地、カナダへ向かう飛行機に乗っていた。日本から出発する世界一周旅行の最終目的地となる。

飛行機の乗客も、出発時点からかなり減っていて、六美と太陽の周りに他の乗客はいなかった。

静かで快適な空の旅である。

「この旅も次の国で最後かあ。なんだかんだあっという間だったね」

撮った写真をスマホで見返しながら、六美がしみじみと言った。

隣で一緒にスマホを覗く太陽も同意する。

「そうだな。まだまだいろんな国に行きたい」

「日本食が恋しい気持ちもあるけど」

「はは。それも同意見」

言いながら、写真をスワイプしていく。エアーズ・ロックに、ヴェルサイユ宮殿、コロッセオに、タイムズスクエア。アジアが飛ばされたのは惜しかった、なんて話し合う。どれもいい思い出だし、まだまだ行きたいところはたくさんあると、二人は思った。

「なんだかもう寂しくなってきちゃった」

「次も勝って、思い切りカナダを楽しもう。ここまで来られたんだから、きっと優勝だって――」

「……などと、思っているんじゃないんだろうな？」

「……え？　うわっ⁉」

聞きなじみのある声がした、と思った次の瞬間、太陽の席のリクライニングが思い切り後ろに倒される。

そして、自分を見下ろすその人を確認した。

「凶一郎兄さん……？」

見間違えようもない。夜桜家長男・夜桜凶一郎が目の前にいた。

「確かにお前たちは決勝まで進出したが、す！　べ！　て！　六美のひたむきな努力に裏付けされたクイズ力あってのもの。おこぼれの貴様が偉そうに言うんじゃない。飛行機から放りだしてやろうか」

シートごと倒れた太陽をゲシゲシと蹴りながら、凶一郎は苛立ちをにじませる。

「お兄ちゃん、どうしてここに？」

六美も状況がわからずに質問すると、凶一郎は太陽に向けていた不機嫌を完全に消し去って、六美に微笑む。

「この飛行機に乗っているんだ。決まっているだろう」

「まさか……」

「そのまさかだよ」

今度は前の座席から声がする。

「会長！」「出雲さん！」

せんべいをかじりながら顔を出したのは、スパイ協会会長の出雲灰だった。凶一郎の中学時代からの友人でもある。

「やあ、お二人さん。決勝進出おめでとう」

「何がめでたいものか。本来ならもっと早くに叩きのめしてこんな旅行とっとと終了させるつもりだったんだが……組み合わせ運のいい奴め」

「お兄ちゃんが出場した理由は不本意ながらわかるとして、何で出雲さんまで？」

「いろいろ理由はあるよ。各地の視察の出張費が浮くとか、もしもの時に凶一郎を止められるよう監視するとか」

「おい」

不満そうな凶一郎も、灰はさらりと流す。

「あとは、協会員の育成具合を確認しようと思って。……まあ当たった子たちはみんな倒しちゃったんだけど」

悪意のない笑顔で灰が言う。

しかし、この状況の絶望具合を思えば、二人が笑うことはできなかった。

凶一郎と灰。このコンビは業界内で最強と言ってもいい。それぞれが折り紙付きの実力を持っていながら、癖の強い凶一郎と組める唯一の存在、灰によって、チームワークさえも望める。

そんな二人が決勝の相手。あまりに高い壁だった。

「決勝は即終わらせてやる。首を洗って待っていろ」

「セリフが小物っぽいよ凶一郎。じゃあ決勝で」

人に向けてはいけないハンドサインを繰り出す凶一郎を引っ張って、二人は前の方の席へと消えていった。

残された太陽と六美。先に口を開いたのは六美だった。

「いやあ、ここに来てものすごい強敵だね……」

笑顔というよりは笑うしかないといった感じの表情になる。

「でも確かに運はよかったかも。旅行としては最後まで来られたし——」

「六美」

俯(うつむ)いたまま、太陽が言う。

「……何、太陽?」

どんな表情かは見えない。しかし、真剣なことは伝わってきた。

「……俺、勝ちたいんだ、絶対に」

無理を言っている自覚からかその声は少し控えめで、しかし、譲れない意志が籠もっている。

「普通にやれば絶対勝てない。それくらいあの二人のペアは強いと思う。でも、俺、絶対優勝したいんだ」

思えば、太陽は初めから優勝を目指していた。そこに「ただ勝ちたいから」以上の理由があることは、当然六美も気が付いている。それが、太陽が隠している「何か」と関係があることも。

「……うん」

太陽が言わないのであれば、六美も聞かない。六美は、ただ頷いた。

「そのためには一人じゃ勝てない。本気で勝つために、協力してくれないか」

太陽は顔を上げ、六美の目を見つめた。真っすぐ、真剣な瞳だった。

(こんな風にしなくても、私には伝わるのになあ)

六美はもどかしく思うと同時に、この実直さもまた愛(いと)おしかった。だから、あえて言う。

「今までもそのつもりだったんだけどなー。太陽には私が本気じゃなく見えたってこと?」

「えっいや、そういうわけじゃなくて」

慌てる太陽を少し泳がせてから、六美は耐えきれなくなって笑った。

「……ふふ。冗談だよ。それくらい決勝が大変なものになるって思ってるってことだよね」

六美はシートに背を預け、記憶を辿るように遠く視線をそらす。

「私はね、太陽。今日までいっぱい太陽に守られてきたと思う。そして、同じくらい支えてこられたかなとも思ってる。自分でもいい夫婦でいられてる、って」

「ああ、六美にはいつも助けられてるよ」

「ありがと。だけどね、たまにはそれだけじゃなくて、私も横に立って、一緒に戦いたいと思うの。守られるんじゃなく、同じ立場でいたいって。それが、この大会なら叶う。私はとっても嬉しかったんだよ」

太陽は、その言葉ひとつひとつを咀嚼していた。

夜桜家の中心にありながら、自身は超人的な能力を持たない当主という立場。そして、その自覚を持ち、毅然と振る舞ってきた彼女を見てきた。

その裏に抱いていたささやかな望みを知って、太陽は胸が熱くなるのを感じる。

六美は続ける。

「私こそ、太陽に言いたい。『勝って』じゃなくて、この言葉が言えるから」

もはや二人には言葉にするまでもない。しかし、それでも、二人は確かめ合う。

「勝とう、太陽」

「ああ、勝とう、六美」

しばらく見つめあってから、六美ははにかんだ。

「えへへ。そうと決まれば作戦会議～」

「そうだな。とは言えやっぱりあの二人を相手にどうするかは難しいよな……」

「普通にやれば、でしょ？」

そう言うと、六美は自信たっぷりに、自分を親指で指さす。

「大丈夫だよ。私はお兄ちゃんの弱点そのものなんだから」

『さあ、ついに決勝戦！　舞台はここ、カナダはバンクーバー。自然と都会のいいとこどりの、世界一住みやすいともいわれる都市からお送りするっス』

彼女とも長い付き合いになった、宇佐の実況が決勝戦の始まりを告げる。

『ウチの不当労働もこの試合で最後っス！　このあとは大会レポートの執筆作業が待ってるっス……』

端々に可哀想（かわいそう）な発言をにじませ、太陽と六美は早く解放してあげてくれと思った。

会場は自然と施設の両方を楽しむことができるスタンレーパーク。そこに設置されたトーテムポールの傍に、解答席が設置されている。

しかし、それだけだ。決勝戦ではステージがなく、広いスペースの中にポツンとそれぞれの解答席だけが置かれている。

真剣な表情で解答席を前にする太陽と六美に対し、凶一郎と灰には余裕が感じられた。

『ルール説明っス！　決勝戦では、早押しで「問題の選択権」を奪い合っていただくっス』

「問題の選択権？」

聞きなれない言葉に太陽が聞き返した。

『合図とともに、会場のいたるところに用意されたボタンのうち一つが光るっス。そのボタンを押すと、運営が用意した中から答えたい問題を選べるっス。その問題を四人全員が答えて、正解した人数分が、各チームの得点となるっス』

「なるほど。急いでボタンを押しに行って、自分たちのチームだけわかりそうな問題を選ぶのが有利。でも、もしボタンが押せなくても、相手が選んだ問題に正解できれば、差は広がらない」

太陽への説明を兼ね、六美がルールの要点を押さえ直す。太陽もその説明にこくりと頷いた。

「ふん、早押しだけだとあっという間に差が広がってしまうからな。試合を盛り上げたい運営のこざかしい工夫だろう」

鼻で笑う凶一郎に、宇佐が苦い顔をする。

『こちらの意図を読むとか嫌な参加者っス……。でも代わりに、盛り上がる瞬間も用意してるっスよ。一方のチームが二人とも正解して、もう一方が二人とも不正解なら、なんと得点二倍っス。問題の選択権を手に入れる瞬発力、クイズに答える知識量に加えて、パートナーのことをどれだけわかっているかも重要となるっス』

つまり、一気に四点差つく場合もある。あまりに実力差があれば、やはり差はあっという間に広がってしまう一方で、運よく逆転する目もあるということだ。

四人の決勝進出者の中でクイズ力に不安のある太陽は、より緊張感を増した。せめて問題の選択権を一つでも多く取らなければ、と気合を入れる。

そして、最後の戦いが始まる。

『勝利条件の十点目指して、最初の合図行くっスよ～！ 光ったボタンを押しに走ってくださいっス……3！ 2！ 1！ ドン！』

ピポーン
瞬間だった。

宇佐のカウントダウンが終わるとほぼ同時。解答席から三十メートルほど離れたところにある木の太い枝。そこにくくりつけられたボタンが灰の手によって押され、赤く点滅している。

同じ枝に、灰がぶら下がっている。

「遅いね凶一郎」

「位置的にお前が少し近かっただけだ」

『は、速い！　一瞬だったたっス！』

その木の根元、少し出遅れて二人の視界に入っていない太陽が悔しさで拳を握りしめた。

ボタンの基部から三枚の問題カードが出てくる。

「この中なら……これかな」

灰がその中から一枚を選んで宇佐に渡すと、改めて問題が読み上げられる。

『問題　童話『街売りの少女』『光学迷彩のアヒルの子』の作者としても知られる銀級スパイは誰？』

解答ボードには太陽が「イソップ」、他の三人が「ハンス・ヤンデルセン」と書いた。

正解は「ハンス・ヤンデルセン」。凶一郎・灰チームに二点、太陽・六美チームに一点が入る。

「ごめん、六美……」

「後からこの業界に来た太陽には難しい問題だね……。でも大丈夫。協力プレイだよ」

落ち込んでいる場合ではないし、今更申し訳なく思うばかりの仲ではない。太陽は六美の手を握り、すぐに前を向いて切り替える。

そして、さっそく作戦を始める。

正攻法だけで勝てないなら、何でもする。それが「勝ちに行く」ことだと、二人は相談済みだった。

六美は大きく息を吸う。そして、お腹(なか)に力を入れ。

「出雲さん、お兄ちゃんよりかっこいー!」

ピキッ。

どこかで頭に血が上る音がしたが、六美は胸の前で手を組んでキラキラした目で続ける。

「瞬発力も知識力もお兄ちゃんよりすごぉ〜い!」

「……ほう?」

ゴゴゴゴゴと何かものすごいプレッシャーを放ち始める凶一郎。

「凶一郎?　言っておくけど、あれは六美ちゃんの罠だからね」

「わかっているさ。俺は六美のことなら何でもわかる」

そんな話をしていると、次の合図でボタンが光る。

道路脇の柵の裏に設置されたボタンを押したのは凶一郎だった。

「凶一郎？　僕を抑える必要はないんじゃないかな」

右手はボタンを押し、左手は灰の腕を抑えてボタンを押すのを防いでいる。

「お前が押しても俺が押してもチームとしての結果は同じ。ならば俺が押す。六美に尊敬されたいからな」

「わかってないじゃん……」

ため息をつく灰を無視して、カード三枚から凶一郎が問題を選ぶ。

正解したのは……凶一郎ただ一人。灰でさえも不正解となった。

「凶一郎……まさか……」

灰が恐る恐るといった様子で尋ねると、凶一郎は涼しい顔で答える。

「勝てばいいんだ。ならば灰。お前が正解する必要もないよな？」

そして、高らかに宣言する。

「俺だけが正解を独占し、六美の愛情も独占する！　灰、お前にも正解させない」

灰は頭を抱えて肩を落とした。

「はあ。やるね六美ちゃん。こうなると凶一郎を説得するよりは、それぞれで戦った方がまだ強い。大幅に戦力ダウンだ」

「勝つためなら当然の手です」

困った顔をする灰だが、どこか満足そうでもある。

「それに流石スパイデー協賛、問題の選定が絶妙だ。僕や六美ちゃんにもわからない難度の問題も用意している。凶一郎だけが正解する問題というのもたくさん用意しているのだろうね」

『編集長中心に、作問協力させていただいたっス』

宇佐が胸を張る。

「さあ、お前たちも無駄な抵抗はやめたらどうだ。すぐに決着がつくぞ。ああ、安心しろ六美。優勝賞品の雪ちゃんスフレ人形はお兄ちゃんがプレゼントしてやる」

「いらないってば！」

「俺たちは勝ちが欲しいんです」

「ほう、残念だがそれは叶わん」

「それは、まだわかりません」

そう言って身構える太陽。次の合図でボタンが光る。

ベンチに設置されたボタンに手をかけているのは……何と太陽だった。

「太陽！　ナイス！」

「……ふん。ナイス？　どこがだ？」

あざけるように凶一郎が笑った。

ボタンまであと数ミリ。微(かす)かに太陽の指とボタンの間には空間があり、その手は鋼蜘蛛(ハガネグモ)によって、動きを止められていた。

その下から黒い手袋をした手が悠然とボタンを拾い上げ、押す。

何も摑めなかった太陽の手を、灰が糸から解放した。

「ヤマを張って、自分が有利な左側に寄っていたね？」

「……はい。ただのスピード勝負では勝てないので……」

「うん、悪くない作戦だ。僕らがつぶしあって、最速とはいかない今なら、半分のエリアを捨てることで君にも押せるチャンスが生まれる。惜しかったね」

凶一郎はまたもニッチな問題を選ぶが、六美が何とか正解し、点差そのまま四対二となる。

「おお！　お揃(そろ)いだな、六美。やはり俺と六美の絆はこんなところにも表れるほど強い」

「こういう問題だけでいいんだよお兄ちゃん」

そう答える六美の笑顔はひきつっている。一方の凶一郎は、点差が開かなかったにも拘(かかわ)

らずニッコニコの上機嫌だ。

この誘導で点差が広がるのを防ぎつつ、太陽と六美は次の作戦を準備する。

そして、テンポよく次の合図が始まる。

カウントダウンと同時に鳴り響いたのは発射音だった。

張ってる側に来いと祈る太陽の想像の斜め上。トーテムポールの最上段の口から、何とボタンが発射される。

「そんなのもあり⁉」

『そろそろボタンの設置場所も覚えられる頃っスからね。こっからは四方八方に撃ち出していくっス！』

ツッコみながらも発射されたボタンを追いかける太陽だが、それを上回る速度で追い越し、鋼蜘蛛で絡めとった凶一郎が問題の選択権を手にする……かと思われたが。

「お兄ちゃん……私、ボタン欲しいな〜」

「しょうがないな六美は。ほら、今回だけだ。灰には内緒だぞ」

「見えてるよ凶一郎」

六美のおねだり作戦であっさりボタンを奪うことに成功した。

「もうこれだけでいいんじゃ……」

「ふん、目先の欲に溺れ大局を見失うなど、この俺がするものか。あと二回までだ」

太陽のツッコミに反論してみせた通り、灰→凶一郎→凶一郎と獲得されたボタンのうち二回は六美に譲られた。

速攻終わらせるとの宣言を凶一郎が見事に忘れていたおかげで、太陽と六美は助かった形になる。

こうして点数は凶一郎・灰チームが九点、太陽・六美チームが六点となった。

「これ以上は万が一、倍の得点を取られたときに逆転されてしまうからな。ボタンを譲るのはここまで。さあ、次が最後の問題だ」

ここまで一回も問題選択権を獲得できず、クイズでも貢献できていない太陽は焦っていた。

「ごめん六美……俺のせいで」

「ううん。これからだよ。お膳立ては済んだ。完璧にね」

「お膳立て？」

事前の作戦は、六美という切り札を存分に使い、できるだけ凶一郎を無力化する、というものだった。そこには、ここから逆転するような計画はなかった。

しかし、六美は勝利を疑っていなかった。

「九対六。ピンチのようで、私と太陽の二人正解ができれば一気に逆転勝利できる点数。ここから勝つのが逆に運命なのよ」

あるいは灰がそうなるように仕向けた可能性もある、との仮説にも辿り着いていたが、六美はひとまずそれを伏せ、太陽に耳打ちをする。

「もうお兄ちゃんからのボタンは望めない。太陽がボタンを押すしかないの」

「でも、もう向こうはリーチで、仮にボタンを押せても……」

「そんなことないよ。何度か問題を選んでわかった。選ばれる候補の問題は、ボタンを押した人に有利になってるみたい。選択肢はどれも自分がわかる問題で、他の人が解ける問題かどうかが駆け引きなの」

六美は今まで得たたった三回の問題選択権から仮説を立てた。少ないサンプルで断定するのは博打(ばくち)だが、この状況ではそうはいってられない。

「だけど、私の知識の幅は、凶一郎お兄ちゃんとかなり近い。だから、私と太陽だけが正解できそうな問題はなかった。参加者の中では、太陽は知識の幅があまり広くないしね」

「ごめん……」

己の知識不足を再び謝ってしまう太陽だが、六美は本心からそれを悪いことと思っていなかった。

「ううん、逆にだよ！　この問題の選ばれ方なら、太陽の知識に合わせた問題プールには絶対私と太陽だけが正解できる問題がある。だから、太陽が思う、一番ニッチな問題を選んで。私は絶対に正解してみせる」

六美は太陽の手を取った。

「この一回で良い。ボタンを押して。そうしたら、絶対私が、私たちの勝ちにしてみせるから」

遠くから、手をつなぐ二人を見て憎悪を爆発させる凶一郎とそれをなだめる灰がいたが、太陽はそんなものは視界に入れず、思考を深め始めた。

（俺にできることを考えろ……）

太陽は息を吐いて集中し、自分の持っているものを考え直す。

太陽の武器。それは硬化。

とすれば自然と目指すべき方向だって見える。

『3、2』

カウントダウンが始まる。

『1』

その瞬間、太陽はトーテムポールの目の前にいた。どのトーテムポールから発射されるか、ここがまず賭けだ。しかし、それに勝たなきゃ始まらない。

そして、太陽は一つ目の賭けに勝った。

次の勝負だ。硬化を活かし、発射直後のボタンを受け止める。すさまじい衝撃が、ぶち当たった腹部を中心に全身を駆け巡る。これに耐えられるか、それが二つ目の賭け。

しかし、この賭けは運だけではない、気合もベットできる。だったら負ける気はしない。この勝負にかける思い、そして、太陽がこの後に控えているある作戦にかける思いは、何にも打ち砕けるものではないという自信があったから。

「っ……ぐうおおおおお！」

歯を食いしばり、気合が食いしばった歯から漏れ出るほどの衝撃が走ったが、太陽は見事受けきってみせた。

そして、最後の賭け。二人だけが正解できる、そんな問題があるのか、それを選ぶことはできるのか。

ボロボロの身体で、三枚のカードを見つめた。六美と目が合う。少しの緊張が見て取れる。それでも六美は太陽を勇気づけようと、自信を作って笑顔で頷いた。

『問題――』

「はいホットココア」

「ありがとう六美」

濃紺の夜空の下、もくもくと湯気が立ち上るマグカップを手渡すと六美は太陽の隣に座った。

カナダの北部、イエローナイフ近く、スパイ協会が所有する保養施設のベランダで二人、静かに闇を見つめる。

「あれがオーロラ……なんだよね？」

遠くの空にうすぼんやりとした雲のようなものが揺らめいている。写真で見るような、カラフルで大きなカーテンのようなものとは、だいぶ様子が違った。

「イメージするようなのはオーロラ爆発っていうらしい。低確率で突然起こって数分で終わっちゃうんだって。発生するメカニズムも完全には解明されてなくて、予測もできないとか……」

「へえ。詳しいね」

「ぐ、偶然知ってたんだ。……とりあえず出てはいるんだし、もう少し眺めてようか」

「そうだね」

ひんやりと透き通った空気の中で、ポツリポツリと二人の会話だけが転がった。話題は決勝戦についてになる。

「最後気持ちよかった～」

「やってみて知ったけどクイズに正解するって気分いいんだな」

「でしょ？」

「六美がクイズ好きなのも初めて知ったし」

「好きっていうか、活躍できる分野で張り切ってたっていうか」

今更謙遜する六美。しかし、純粋なクイズ面で言えば、一流スパイを凌いでいたと言える活躍だったのは明らかだ。

「でも、本当によく知ってたな。最後の答え「日隠温泉」って、全然有名じゃないのに。俺はたまたま昔、家族旅行で行ったことあったから知ってたけど」

六美は不満そうに言う。

「もう、忘れてるの？　太陽が土産話してくれたんじゃない。私、太陽が話してくれたことはちゃんと覚えてるんだから」

「それはうれしい……あれ、でもそれって小学生とかだよな。……その頃から……？」

「あーいやー……ちが……。あーもう！　はいはいそうですよ」

顔を真っ赤にする六美を、太陽は少し頬を染めて笑った。

「はは、もっとうれしいよ。おかげでこうして大会も優勝できたんだし」

「……そうね。お兄ちゃんはイライラだったけどね」

「あれは帰った後も怖い……」

見事逆転勝利を決めた夫婦を残し、凶一郎と灰、それに警備以外のスタッフは先に帰国。

ギリギリまで喚く凶一郎は、灰がいなければ帰すことができなかっただろう。

そして優勝者の賞品の一つとして、太陽と六美はこの旅の延長戦、オーロラが見える宿に泊まっていた。

「いい宿よね」

「ああ。純金製雪ちゃんスフレ人形よりよっぽどうれしい」

「本当に」

二人の笑い声が響く。

一段と冷える夜だった。

二人きりの時間が過ぎていく。

「これやってみたかったの」

そう言うと六美は長いマフラーを自分と太陽の二人に巻いた。寄りかかり、肩が密着する。頭を傾け、太陽に体重を預ける。

「……ちょっとドキッとした？」

「……まあ、ちょっと」

「えへへ。やっと成功した」

あんなに迷走したのに、自然体でいるほうが、不意に引き出せたりする。つくづく、こういう距離感の方がしっくりくると、六美は反省した。

穏やかに、時が流れていく。

この時が永遠なら、なんてベタなことを考えてしまう。

そんなことを考えているときに、それはやってきた。

「あっ……！」

それまで薄く伸びていたオーロラが、縦に膨らみ、激しく波打つ。明るさは先ほどの比ではない。

写真で見るのとはまるで違う、圧倒的な大自然の神秘が目の前に広がる。現地で、偶然の発生に立ち会うことでしか体験できない、唯一無二の瞬間。

思わず呼吸を忘れるような絶景に、六美は目を奪われた。

すると、スッと太陽は立ち上がった。マフラーがほどける。その表情は、六美から見えなかった。

「太陽……？」

「ここから見えるオーロラは、特殊な地形と気象条件によって、大部分をピンク色が占めるんだ」

太陽はそう言うと一瞬部屋に戻り、何かを取ってくる。

「いろいろ調べてさ。愛知県の恋路ヶ浜とかグアムの恋人岬とか。でも夜空一面に桜色のオーロラが出るって知ってここしかないと思った」

跪く太陽。

六美は息を呑み、両手で口を覆った。その目には涙が浮かぶ。

「あの時は……指輪を受け取った時は、凶一郎兄さんを前に必死だったからさ。ムードのあるやつ、やりたくって」

七悪と嫌五の技術で作られた、枯れない桜の花束を差し出す。

「セカンドプロポーズってやつ。……俺と結婚してください」

答えは決まっている。けれど驚きすぎて、うれしすぎて。何とか絞り出すように、六美はやっと声を出す。

「……はい」

嬉し涙が六美の頬を伝った。花束を受け取って、六美は太陽に抱き着いた。

六美はもう鼻声だ。

「うう……うれしいぃ～……。ときどき見せるそのスパダリ力はなんなの～！」

「スパダリ力ってそんな……」

太陽は照れながら頬を掻く。

「そんなことあるよ。セカンドプロポーズって言うけど、遊園地も水族館もほぼほぼ同じ破壊力の告白だったし他にもたくさん」

言われてみると、自分の数々の天然ジゴロな振る舞いに心当たりがなくもない。太陽としては、その時々で六美のことを思って真摯に向き合っただけなのだが。

「……あれ、俺って結構キザなタイプ？」

「そんなことない。ぜんぶ、ぜーんぶ嬉しいよ」

六美は一層抱きしめる力を強めた。

太陽もそれに応える。

夜空に舞う桜吹雪のような満天のオーロラが揺らめいて二人の勝利と、告白を祝福する。

この光景を二人占めして、この世界に二人しかいないような、そんな時間が流れた。

こうして、世界横断スパイクイズ大会は、夜桜夫妻チームの大大大優勝で幕を閉じたのだった。

夜桜さんち観察日記　おるすばん大作戦編

Mission:
Yozakura Family

『殺香です！

夜桜家のメイドとして働く日々を記したこの日記も、あっという間に二冊目に突入いたしました。

ちゃんと分厚いものを選んでいたのですが、太陽様六美様の魅力は留まることを知らず（流石です！）、想定よりも早い二冊目となりました。

ほかの家族の皆様も良くしてくださるので、ますますページがかさんでしまいます。

今日もとっても素敵なことがありました！　アイさんが活躍されたんですよ！

夜桜家にやってきたタイミングこそ、私より後ではありますが、しっかり皆様から愛されているアイさん。

その過去から、最初は少々壁もありましたが、今ではすっかり夜桜家の一員。まるで太陽様と六美様のお子様のようです。

そんなアイさんの成長を感じた一日でした』

普段の任務や、ご家族総出の特別作戦で出られる皆様を送り出し、留守をお預かりするのもメイドの務め。

アイさんが来てからは、二人でお留守番することもしばしばです。

「アイさん、おるすばんばっちり！」

「流石ですアイさん」

今日もクイズ大会に向かわれた太陽様と六美様を待ちながら、お利口さんにしているアイさん。これだけで私、涙腺が緩んでしまいます。

「これが太陽でーこっちが六美」

「まあ、上手ですね」

「それでねそれでね、これがアイさんで……殺香はこれ！」

「わ、私まで……！　ありがとうございます！」

本当、太陽様と六美様の娘さんのよう……いえ、もう娘です。そんなアイさんに絵を描いてもらうなんて、こんなのメイド冥利に尽きます。

これ以上の幸せは危険です。もし太陽様と六美様の間に子供が生まれたら、私の心臓は止まってしまうでしょう。二人目が生まれたら、私は星になります。もし双子で同時に生まれるようなことがあれば、ビッグバンが起きます。

アイさんとのお留守番では、こんな風に絵を描く以外にも、折り紙を折ったり、お人形でおままごとをしたり、音を立てずに走る鬼ごっこをしたりしています。

ただ、遊んでばかりではありません。アイさんは立派なスパイになるべく、お勉強もされています。

ご兄弟から、精神力、体術、武器、電子工作、変装、化学など、それぞれの得意分野を教わり、それ以外の一般教養は僭越（せんえつ）ながら私がお教えしております。

のびのびと育てる教育方針ではありますが、アイさんが興味を持ったことはどんどん学ばせるよう、六美様と太陽様から仰せつかっております。

「殺香、かんじおしえて！」

最近は漢字がかっこいいと言って、殺香式漢字ドリルを進めています。もう漢数字は七まで覚えました。まだ小学校にも上がる前なのに……偉すぎます。

「これが『苦』、これが『憎』、これは『辛』……辛三（しんぞう）様のお名前ですね」

「うう……むずかしい……。……きょうはここまでにする」

「あらあら。そうしましょうか」

苦戦されることもありますが、挑戦する姿勢がご立派でございます。

このように、夜桜家の皆様が留守の間は、遊んだり、お勉強したりしているのですが、私もメイドとしてのお仕事があります。ずっと付きっきりというわけにはいかないもの。

そんなときの心強い味方がアニメです。一度つけておけば、アイさんがそちらに集中している うちに、お洗濯やお掃除を済ませることができます。

今日は、スパイの犬とターゲットの猫が恋に落ちて組織から逃亡する、愛と裏切りの子供向けアニメを流している間に、水回りをお掃除しておりました。

夜桜家のキッチンは、通常の食材に加え、毒物劇物、まだ暴れまわる新鮮な食材も扱いますのですぐ汚れてしまう、もとい壊れてしまいます。ガスや調理器具も特注のため、メンテナンスは容易ではないのですが、屋敷の設備を担う辛三様にも教わって、日々お手入れさせていただいております。

まずコンロにこびりついたマグマをこのドリルで……。

「殺香！」

するとアイさんがキッチンまでダッシュしてきて、私を呼びました。興奮状態のようで、毛を逆立たせ、目がらんらんと光っています。

「どうしました？　またオウゴンヘラクレスオオカブトを見つけましたか？」

私は汚れた手をエプロンで拭きながら、アイさんの目線に合わせました。

「ちがうよこっちきて！」

そう言うアイさんに手を引かれ、私はテレビの前に連れてこられました。

画面の中では犬のキャラクターが、猫のキャラクターに大きなケーキをプレゼントしているシーンが映っています。きめ細かな生クリームに、真っ赤なイチゴが載っていて、大人から見ても惹(ひ)きつけられるケーキでした。

「アイさんもケーキ作る！」

その画面を指さしたアイさんのしっぽはぶんぶんと振られています。

当然、止める理由はありません。やる気を出したものにはどんどん挑戦させる方針です。

「太陽のたんじょうびって今日？」

「うーん、太陽様の誕生日はまだですね」

「六美は？」

「六美様も今日ではありません……」

どうやらアイさんは、ケーキはお誕生日に食べるものだと思っているようです。

私が困り笑いで答えると、アイさんはお耳が倒れてしゅんとしてしまいます。

「そっか……。ケーキ作れない？」

「あらそんなことありませんよ。今日は太陽様が数学の小テストで満点を取られて一年記念日、六美様が雪(ゆき)ちゃんスフレのもも味のおいしさに目覚めて三年記念日などがあります。

毎日が記念日です」

　私のスケジュール帳はお二人の記念日で真っ黒になっています。予定管理用と記念日管理用の二冊のスケジュール帳が必要になるほどです。

「それに、アイさんが太陽様と六美様に作ってあげたいと思ったなら、それでいいんですよ。今日はアイさんがお二人にケーキを作った記念日になります」

「……！　いいの？」

「もちろんですわ」

　耳としっぽをピンと立てて、アイさんは再び目を輝かせました。

「じゃあ作る！」

　よほどうれしいのか、アイさんはその場でぴょんぴょんと跳ねました。その様子に思わず私の頬(ほお)も緩んでしまうというものです。

「さて……何ケーキにしましょうか」

「いちごのしろいやつ！」

　やはりさっきのアニメに影響されているので、アイさんはショートケーキをご所望でした。しかし、実はショートケーキはあまりおススメできません。生地の混ぜ方にコツが要り、スポンジが上手(うま)く膨らまない可能性が高いのです。その難関を超えても、生クリームの泡立てや綺麗に生地に塗るという工程も、少々高い壁です。

せっかくやる気になったのだから、できるだけいい思い出にしてあげたい。カップケーキなど、比較的簡単なものをおススメしたいところではあります。

「これはちょっと難しいかもしれませんよ。こっちのだったら……」

「アイさんできるよ！」

しかし、アイさんは力強く答えました。私が見せたレシピ本のページには目もくれず、画面の中で切り分けられるショートケーキに夢中です。

「太陽も六美もいつもがんばってるから、これ食べたらよろこぶとおもうんだ」

その表情を見て、私は反省いたしました。

アイさんは、このおいしそうなケーキを六美様と太陽様にお教えしたくて、このケーキを作りたいと考えたのです。

アイさんは毎日、今日はこんなことがあったよと、帰ってきたお二人にお話しするのを楽しみに、お留守番をしているのです。

何と健気。私、私、涙が止まりません。

私としたことが、その思いに気づかず、失敗しにくそうなカップケーキを提案してしまいました。

アイさんがやる気になっているのは、「このショートケーキを作ること」です。ならば私はそれを全力でサポートするまで。たとえ少しくらい失敗することになったって、そこを変えては意味がないのです。

興味をもったことはどんどんやらせる。それが教育方針ですから。

私たちはさっそくガオンモールへ買い出しに来ました。

アイさんと一緒の今日は、地下のガオン城には行かず、安全な地上部でお買い物です。

「いちごのケーキ、あまーいケーキ、アイさんがつくるすっごいケーキ〜♪」

アイさんは私とつないだ手をぶんぶんと振りながら、楽しそうにお歌を歌います。当然オリジナルソングです。アイさんはお歌が上手で、ときどき六美様が悔しそうにされています。

二人で楽しく歩いていると、ある方が私たちに声をかけました。

「お、アイじゃねえか」

「！　りんさん！」

ヒナギク室長の不動りん氏に、アイさんがほぼ突進の勢いで抱き着きました。なかなかの威力だったはずですが、りん氏も流石のフィジカルで受け止め笑顔で抱き留めています。アイさんは白骨島での事件の後、一度ヒナギクに保護されていました。それから間もなく夜桜家に来ることになるのですが、ヒナギクで過ごした日々も、アイさんにとって穏やかな時間の一つになっていたようです。

今りん氏にわしゃわしゃとなでられているアイさんの笑顔がその証拠です。

「殺香と買い物か？」

「うん！　アイさんねケーキ作るんだよ！」

えっへん、と胸を張るアイさん。

「お、お手伝いか。えらいなあ！」

さらにわしゃわしゃされるアイさんですが、何とか反論します。

「ちがうよ。おてつだいじゃなくてアイさんがつくるの」

「そうだったか、悪い悪い。すごいじゃねえか」

本当にわかっているのか、りん氏は変わらない勢いでわしゃわしゃを続けました。

一通りわしゃり終えると、りん氏は私に数枚の紙幣を渡しました。

「じゃ、これ。軍資金」

「いいっていいって。何買えばいいかはわかんねえけど、たまにはこれぐらいさせてくれよ」
「そんな、大丈夫ですよ」

それはまるで、プレゼント選びに自信がなくてとりあえず現金を渡す親戚のおじさんのようでした。

短い時間とはいえ、りん氏にとってもアイさんはともに過ごした家族のような存在なのでしょう。そんな子に何かしてあげたいという気持ちは、当然のものだといえます。

私はそのお金を受け取ろうとしました。

しかし、その様子を見て、アイさんはなんだか元気がなくなってしまったようです。

「どうしたんです？」
「……アイさん、お金ない」

私とりん氏は同時に首をかしげました。

「だったらちょうどいい。このお金で」
「でも、でも。アイさんのお金じゃない。アイさんが作るのに……」
「……なるほど。そういうことですか」

得心がいった私に、りん氏が小声で話しかけてきます。

「どういうことだ？　そういう、自分のことは自分でやれ的な、スパルタな感じなのか？　人んちの教育方針にとやかく言うもんじゃねえけどよ」

「いえ、そうではなくて……。アイさんは最近『ひとりでできるもん』という時期なんです。同年代の子と接する機会も少なく、家では年上とばかり関わるので、背伸びしたくなるのでしょう」

その説明にりん氏は納得したようで、優しい表情になりました。

「はは～なるほど。それなら可愛いもんだな」

すると、りん氏はしゃがんでアイさんと同じ目線の高さになって、言いました。

「なあアイ。だったら金、稼いでみないか？」


ガオンモールの中心部。吹き抜けの二階、三階からも見下ろせるステージに、アイさんは立っていました。

軽快な音楽に合わせ、足を止めた笑顔の買い物客が、手拍子を鳴らしています。

まずはロンダート。大神犬の細胞を持つアイさんの身体能力をもってすれば、容易なことです。

そのままバク転バク宙。技を成功させるたびに歓声が上がります。

私がアシスタントとしてフライングディスクを投げると、アイさんは空中で身体をひねりながらだったり、壁ジャンプをしたりという中で、見事キャッチしてみせます。

最後、三つの火の輪をくぐりながらの三回転前方宙がえりという一般人には到底不可能な大技を決め、アイさんは大歓声を受けました。

私は買い物用のエコバッグにおひねりを集めます。

こうして、アイさんのゲリラ大道芸は大成功を収めたのでした。

「やるじゃねえかアイ」

そう言ってりんさん（そう呼べとのことでした）は元々私に渡そうとしていたお金をエコバッグに押し込みました。

「はくしゅされるのうれしかった」

そのテンションをしっぽで表しながら、アイさんは答えました。

「アイさん、ちゃんとできた！」

「ええ、立派でしたよ」

「これでケーキのもと買える？」

「いい材料が買えますよ」

「やったー！」

アイさんは両手を上げて喜びました。

私は少し音量を下げてりんさんに言います。

「ありがとうございました。こんな急な話、よく通りましたね」

「なあに、ちょうどここのマネージャーに伝手があっただけだ。あれくらいのパフォーマンス、押し込むくらいわけない」

全く気にするな、といった軽さでりんさんは答えました。

「ただ現金を渡すより、よっぽど喜んでもらえただろ」

それは、プレゼントが上手くいって気分が良い、親戚のおじさんと同じ笑顔でした。

私とアイさんは、アイさんが稼いだお金で、さっそくガオンモールでの買い物を進めました。

「うーん?」
一通りの材料を買い物かごに入れ、残る最後の食材のコーナーにやってきたところ。くんくんと匂いを嗅ぎながら、アイさんが首をかしげました。

「どうかされましたか？」

アイさんはイチゴを前に、何度も匂いを嗅いでいます。

「なんか……たりない」

そう言うと、アイさんはイチゴを陳列棚に戻してしまいます。

「もっとおいしいイチゴがいい。アイさんがめざすのはきゅーきょくのケーキだから」

「あらあら」

アイさんはイチゴのクオリティに納得がいかない様子でした。

一般的なイチゴの旬は確かに過ぎています。アイさんは嗅覚が鋭いですから、それも感じ取ることができたのでしょう。

それに、夜桜家は流石の名門。普段から食しているもののレベルは高く、舌は肥えています（食にこだわっているのは六美様のご趣味もありますが）。

アイさんが作ったものなら何でもお喜びになるとは思いますが、「きゅーきょく」のハードルは決して低くはありません。このイチゴがだめとなると、普通のスーパーでは合格レベルのものを置いていないことになってしまいます。

しかし、本日はアイさんの目指すところまでとことん行かせてあげる所存。険しい道であっても、私は彼女の挑戦を応援し続けます。

私はすぐさま、こういうときに頼りになりそうな方に電話をかけます。

『あらメイドさんじゃない。珍しいわね』

「京子様。ご無沙汰しております」

『おう白骨島以来か？　元気してたか』

「ええ。万様もまた脱獄されてるんですね」

電話の相手は、夜桜家8代目当主、夜桜京子様です。六美様のおばあさまですね。その旦那様である万様は、その口の軽さから刑務所に入れられているはずなのですが、しばしば京子様に会いに脱獄しています。この仲睦まじさは、ぜひ六美様太陽様も受け継いでほしいものです。

お二人と私は、京子様の部下の方の猫を見つけたり、夜桜前線で共に後方支援組だったりと、案外関わりがあったりします。

京子様（と万様）なら、この時季でもおいしいイチゴの情報をご存じのはず。

私は事情を説明すると、京子様はさっそく答えてくださりました。

『それなら当てがあるわ。この時季でも飛び切りおいしいイチゴがあるの。「ルビーストロベリー」っていって、私も大好きでね』

「本当ですか！　どこで買えるんですか」

『お店では取り扱ってなくて、農園から直接買い付けるのよ。それも、農家さんに認められた人しか買えないんだけど、私なら大丈夫』

「すごいです！　すぐ送っていただくことって可能ですか。お金はお支払いしますので」

『そう？　私が払うわよ。一粒で高級メロンより値が張るし』

「な、なんと。それは困りました。実は……」

私は、アイさんが自分のお金で買いたいと言ってお金を稼いだこと、しかしおそらくそれでは足りないことをお伝えしました。

『なるほどねえ』

電話の向こうで、悩む声がしました。

すると、万様の声が続きます。

『だったら俺が運んでやるよ。そんでもって、俺の「通過(つうか)」でイチゴを埋めといてやる。庭に生えてきたことにすりゃあいい』

『イチゴは地中には生(な)らないけど……もう少しカムフラージュすれば悪くない手だね。発送してもらうより断然速いし』

「何から何まで……ありがとうございます！」

私はつい、電話越しに頭を下げてしまいました。

『構わねえさ。アイは俺たちにとってもひ孫みてえなもんだ。これぐらいのプレゼント、毎日でもしたいくらいだぜ』

『そうね。ケーキが完成したら、写真でも送って頂戴』

「必ずや!」

そう言って電話を切ると、私はアイさんに「イチゴはお庭で探しましょう」と言って、残りの会計を済ませて戻りました。

「あれー? いえでるまえはなかったのに、なんでー?」

万様印の特急便は、私たちが家に帰るよりも先に、イチゴを植え終えていました。苗ごともらうことで、カムフラージュもばっちりです。

そして、それをあっという間に見つけるアイさんの嗅覚も流石でした。

とはいえ、これは嘘をつくことにはなるので、いつかアイさんが大きくなったら、真実を打ち明けなければと思いました。

「でも、おいしそうなにおい。これならばっちりだ!」

今は、この笑顔とやる気のために。

材料をそろえた私たちはさっそくケーキ作りにとりかかりました。

アイさんも可愛らしいエプロンをし、足りない身長はステップ台で補って、キッチンに立ちます。

「アイさん、準備はいいですか？」

「うん！」

私はそのエプロン姿の写真を何枚か撮ってから、レシピを読み上げました。

「まずは、卵を割ります」

「わかったー！」

元気なお返事の勢いそのままに、アイさんがテーブルに卵を叩きつけます。

卵はそのまま、殻と黄身と白身が一体となってテーブル上に広がりました。

「も、もういっかい！」

気を取り直したアイさんは、卵を取り出して……。

ベシャ！

リプレイ再生のような場面が繰り広げられました。

アイさんの耳が垂れてしまいます。

「こんなこともあろうかと！」

私はキッチンの引き出しをあさります。この家には、どなたが買われたのか、ニッチな調理器具があります。確かこの辺りに……。

「じゃん！　エッグオープナーです！」

洗濯ばさみのように、握ることで先端が開き、そのまま卵を割ることができます。しかも、割った先の網目状ポケットで黄身と白身を分けることも可能。

使い道が限定的なことと、手で割って事足りることに目をつむればなかなかの優れものです。他にも、家には何故か、リンゴ皮むき器、サクランボ種取り器、食パンの耳切り器などがあります。

私は、エッグオープナーを使って見せました。

卵をセットし、軽く握ると、カシャアという小気味よい音とともに、卵が割れ、中身がボウルに落とされました。確かに力も込めず、きれいに卵を割ることができます。

「アイさんも！　アイさんもそれ使う！」

何よりその「専用ガジェット」感は、アイさんの心を摑みました。

アイさんは、おぼつかないながらもエッグオープナーを手に取り、今度は慎重な手つきで卵をセットしました。緊張の面持ちで、ピンチ部分を握ると、カパァという音がして、卵が割れました。殻が飛び散ることもなく、完璧といえます。

「みた⁉ アイさんたまごできるよ！」

うれしさを全身で表現するアイさん。

「素晴らしいですわ！ これから卵を割るときはアイさんに頼みますね」

「えっへん！」

私は動画にも収めながら、彼女をたっぷり褒めました。

それからいくつも卵を割ると、次は混ぜるターンになります。

あらかじめ分量を量っておいた砂糖をアイさんに入れてもらい、泡立て器を渡します。

ここはたくさん混ぜるのが必要な工程。アイさんに存分に活躍してもらう所存です。

「さあ、アイさん。よろしくお願いします！」

「おりゃあああ！」

返事の代わりに気合の入ったおたけびをあげ、生地を高速で混ぜ合わせます。

しかし。

「あれー⁉」

その回転力に耐えられず、生地は吹き飛んでしまいました。

「あら、やりすぎてしまいましたね」

アイさんのパワーを見誤った私の責任です。しかし、ここで謝ってしまうと、アイさんはきっと失敗に落ち込んでしまいます。

私はすぐさま、気を取り直すようにアイさんを励まします。

「でもこのパワーはすごいですよ！　材料はまだありますから、また卵割りましょう？」

「……うん！　アイさんたまごはとくいになったよ」

一瞬流れかけた悲しい空気を吹き飛ばして、アイさんはエッグオープナーを手に取りました。

アイさんに再び割ってもらった卵と、砂糖を追加。少し勢いを抑えてもらいつつ、飛び散って減るのも見込んで作業を続けます。

生地が白っぽくまとまってきたら、次は薄力粉を加えます。

「ここは優しく、空気を入れながら切るように混ぜてください。標的の頸動脈(けいどうみゃく)にスッとナイフを突き刺す感じです」

アイさんは私の言うことを一生懸命に聞きながら、手を動かしました。

そうして出来上がった生地をオーブンで焼くこと二十分。取り出すと……。

「あれ？」

出てきたスポンジは、スポンジというには膨らみが足りなく、混ざりも不均一だったために焦げ目がついてしまっています。

「あれー……？」

アイさんも期待した出来になっていないことに、がっくり来ているようです。

「大丈夫ですよ！　再チャレンジすればいいんです」

私が声をかけると、アイさんは悔しそうにしながらも、次なる挑戦へ闘志を燃やしていました。まだ諦めてはいません。しかし、その目は、いつもの元気いっぱいなアイさんからすると陰りが見えます。

しかし、アイさんはそれを飛ばすように首を振りました。力強く拳を握り、宣言します。

「つぎはできる！」

「まあ、なんて立派なのでしょう！」

アイさんが偉い子すぎて、六美様と太陽様にご報告しなければならない事項が次から次へとあふれてきます。撮った動画も今から編集作業が楽しみです。

しかし、何度か挑戦するも、どうしてもスポンジが上手くいきませんでした。

いいえ、それなりのものはできているのですが、アイさんは感覚が鋭いですから、理想とするクオリティとの差がわかってしまうのです。

「あ……」

多めに用意した材料も、気付けば底をついていました。

時計を見ると、太陽様たちがそろそろ帰ってくる時間です。再び買い出しに行ってもう一度作り直すには、少々厳しい状況でした。

どうしようか、と私は思わず表情に出してしまいました。

子供は、周りの顔色を想像以上に見ています。わがままを言うタイミングも、我慢するタイミングも。

「アイさん、むりだった……」

アイさんは、「これ以上はできない」という判断を下しました。

「ひとりでできるって……でも、だめだった。……アイさんまだこども」

「アイさん……」

アイさんは、まだ幼いのに、タンポポという組織の幹部として戦っていました。今は夜桜家で穏やかに過ごしていますが、それでも一線級のスパイに囲まれては、「自分だけができない」ことが、山ほどあります。

そんなアイさんが背伸びをして、少しでもできないことをなくそうとするのは、可哀想(かわいそう)

なことでしょうか。

そうして挑戦した先、高い壁に阻まれ諦めてしまうのは、仕方ないのでしょうか。

「……いえ、そんなの！　絶対もったいないですよ！」

私は声を大にして言わなければなりません。

同じように、外から夜桜家に入れてもらった私だからこそ、それを否定しなければいけないのです。

アイさんは、私から目をそらし、俯（うつむ）いて言います。

「でも、ざいりょうが――」

「話は聞かせてもらったあー！」

そのとき、アイさんの言葉を遮り、バンと豪快な音を立ててキッチンの戸が開かれました。

そうして現れたのは嫌五（けんご）様でした。その後ろには四怨（しおん）様と七悪（ななお）様もいらっしゃいます。

「おうおうお客さん、何かご入用のものはございますかい。ここに開店するは『七悪直売所』だぜ」

「安心価格で、おおむね安全なものを取り扱ってるよー」

嫌五様のご紹介で、七悪様がカートに様々なものを載せて前に出ます。卵、小麦粉、髑（どく）

髏マークの付いた怪しげなビンなどが並べられていました。

「ごりいよー……？」

言葉の意味がわからないアイさんの前で、ハイテンション通販番組のように嫌五様が続けます。

「おおっと、でもお金がないわケビン、ママったら全然お小遣いをくれないし、先週は新色のリップが発売されたばかりだもの！　……と、そう言いたい顔だな？」

「嫌五兄ちゃん、アイさんパンクしてるよ」

「そんな君に、心強い味方の紹介だ！」

七悪様の制止もスルーで嫌五様が話を進め、割とノリノリな感じで四怨様が前に出ます。

「お嬢ちゃん、金ねえのか。だったらウチで働くか？　肩たたき十分五百円。前払いも受け付けてるぜ。やれるか？」

「ええとつまり、アイさんがお手伝いすれば、材料はまだあるよってことなんだ」

七悪様が優しく翻訳します。

四怨様と嫌五様は謎のしたり顔で頷きました。

「……でも……」

それでも、アイさんはすぐには答えません。失敗を続けて自信を失っているようでした。

私は、アイさんの隣にしゃがみました。

「……アイさんは、失敗が嫌いですか?」

「え……?」

「普通嫌いですよね。でも、私はアイさんに、失敗を好きになってほしいと思っています」

アイさんはきょとんとします。

「殺香は、ここに来るまではもっとさみしいところにいました。スパイの世界では、失敗は許されません。信用をなくし、仕事をなくし、居場所をなくします」

私は、ここに来る前、太陽様と六美様に出会う前のことを思い出しながら、言葉にします。

「でも、この温かな家は、失敗しても何も変わりません。私がお風呂の電気トラップを誤作動させてしまった時も、お屋敷の襲撃に不在だった時も、私を責めることはありませんでした。それどころか、今ではお屋敷のトラップの整備や主要な作戦も手伝わせていただいています。だから、アイさんも諦めなくて大丈夫です。この家はできるようになるまで待ってくれますし、今の七悪様たちみたいにカバーしてくださります。アイさんは安心していいんです。何があっても、アイさんの場所はなくなりません。誰もいなくなりません。

だったら、やめるのはもったいないですよ」

するとアイさんの顔が上がりました。

私はアイさんに知ってほしいことを続けます。

「気付いていますか？　今日だけでもアイさんはお金を稼げるようになったし、卵も割れるようになりました。スポンジだってもう膨らむようになっています。失敗しても、アイさんが怖がらなければ、ちゃんとできるようになるんです」

それは私の立ち場だからこそ言いたいこと。

「さあ、もう少しだけやってみませんか？」

お説教臭かったでしょうか。ただのメイドにそんなことを言われても、響かないかもしれません。

ですが、私は何としてもアイさんに伝えたいと思ったのです。

少しの不安を奥に隠して、アイさんの顔を見ると、その表情は晴れやかで。

「……うん！　アイさん、こわくないよ！」

アイさんは笑顔で答えてくれました。

四怨様、嫌五様、七悪様が、その後ろで親指を立てました。

さっそくアイさんは、七悪直売所の商品を見ます。

「おススメの卵はこれだよ。桜コーチンって言って僕が品種改良の助言をして――」

「こっちのがいいんじゃねえか？」

「待て嫌五。ここは――」

ワイワイと楽しそうに準備が進みます。

心強い応援が付いたところで、私はその隙に、更なる応援要請の電話を掛けました。

「もしもし。辛三様？」

『どうしたの殺香』

「実はかくかくしかじかで、太陽様と六美様の帰宅を足止めしてほしいのです」

辛三様はすんなり受け入れてくれました。

『わかった。ちょうど姉ちゃんといるから二人でやるよ』

「ありがとうございます。助かりますわ」

戦闘担当の二人を以てすれば、ちょっと過剰戦力なほどです。これで足止めは心配ないでしょう。

あとは、諦めずに完成を目指すまでです。

「た、ただいま……」

「お帰りなさいませ太陽様、六美様」

どういう方法を取ったのかわかりませんが、ばっちり足止めは機能して、ヘトヘトの太陽様が六美様を連れて帰ってらっしゃいました。理想的なタイミングです。

「おかえりー！」

笑顔満点、元気いっぱいでアイさんが出迎えます。

「あらどうしたのアイさん。いいことあった？」

抱き着くアイさんを優しくなでながら六美様が尋ねます。

「アイさんじゃなくて、太陽と六美にいいことがあるんだよ！」

太陽様と顔を見合わせて、きょとんとされる六美様。

アイさんはそんな二人の手をダイニングまでぐいぐいと引きます。

「ジャーン！」

そしてお披露目されたのは、立派なホールのショートケーキ。なんと三段もの豪華仕様。

たっぷり塗られた生クリームは、見た目こそ少々波打つところがありますが、きめ細かく仕立てられています。京子様お墨付きのイチゴ、ルビーストロベリーは宝石のようにきらめいています。

「これアイさんが作ったんだよ！」

「えっ本当？　すっごーい！」

「やるなアイさん！」

「かんじもかけたよ！　すごい？」

頂点のチョコプレートには、アイさんの手書きで「太陽」「六美」と書かれています。スペースが狭くなったので、「いつもありがとう」は私が書かせていただきました。

うれしそうな太陽様と六美様。それは、アイさんの頑張りを褒めたたえる、親目線の笑顔でした。

私はふっふっふと笑います。もちろんそれはそれだけで十分尊いものですが、このケーキはそれだけではありません。この後のリアクションが楽しみです。

「さあさ、ぜひお召し上がりください」

私はお皿とフォークを持ってまいります。大きなナイフでケーキを切りたがるアイさんを手伝って、お二人に一切れずつ取り分けてお渡しします（ちなみにケーキは切る前に写真撮影済みです）。

アイさんの顔を見ながら、いただきます、と手を合わせ、ケーキを口に運ぶお二人。

「うまっ⁉」

「本当、すごいおいしい……！」

期待通り、お二人は目を丸くして喜ばれました。

そう。このケーキ、大変においしいのでございます。

材料も一級品で、感覚の優れたアイさんが妥協なしに作ったこのケーキは、ひいき目なしに極上の一品となっています。アイさんが作ったというだけでも価値があるのに、味の面でも素晴らしい。

「舌の上でスッと解けるような舌ざわりの生クリームに、ふわっふわのスポンジ。イチゴは甘さだけじゃなくケーキにぴったりの酸味も兼ね備えている……。アイさん、やるわね」

グルメな六美様もうなっております。

「えっへん」

アイさんは胸をいっぱいに張ります。実際、その態度では足りないほどの出来栄えです。

「これ単品で見れば、私と七悪がスパイ料理大会で作ったのよりもおいしいかも」

「すごいじゃないかアイさん！」

惜しみない賞賛に、アイさんは少しもじもじして答えます。

「じつは……アイさん何回かしっぱいしてる。ふくらまなかったり、こげこげだったり……」

太陽様と六美様は、意外そうな顔をしてから、しかしアイさんの言おうとすることに耳を傾けました。

「でもね、アイさんもうしっぱいこわくないよ。しっぱいもだいじってわかるよ」

ちょっぴりたどたどしい、彼女なりの言葉で。微かに不安をにじませながらも、懸命に話します。

「ミズキさんもタンポポのみんなもだいすきだけど、ここにくるまでアイさんあんまりうまくできなかったんだ……。でも、このおうちにきたら、ぜんぶたいせつだったたってわかった。だから、だから……」

次の言葉を見失いそうになりながら、アイさんはペコリと頭を下げて。

「いつもありがとう、太陽六美」

そんなアイさんを、太陽様と六美様は優しく抱きしめました。

「失敗も成功も関係ないさ」

「そうよ。アイさんはもう家族なんだから」

「……えへへ」

……なんと。

……何とお美しい愛なのでしょう！　太陽様万歳、六美様万歳！　アイさん、夜桜家に万歳です！

ハンカチが足りません。お二人には一生ついていくと心に誓いましたが、その誓いが間違っていないことをまたも再確認いたしました。

抱き合う三人と、泣きながらカメラを構える私。しばらくそうしてから、六美様が言います。

「ねえアイさん。その膨らまなかったスポンジって残ってる？」

「？　うん」

アイさんは頷きますが、その意図はわかりません。

「見ててごらん」

六美様はアイさんを連れて、キッチンへ向かいました。

「サックサク！　おいしー！」

六美様は失敗したスポンジにバターやはちみつを絡めて焼き、見事ラスクにリメイクされました。

私もひとついただくと、膨らみ切らなかった生地がカリッと焼かれることで完全に生まれ変わっていることに感動しました。

「ほら、失敗しても案外大丈夫なものよ」

「六美すごい！」

アイさんが超能力でも目にしたかのように瞳をキラキラさせます。

「アイさんも六美もすごいよ」

その後ろで、お父さん役の太陽様が感心しながら微笑(ほほえ)んでいました。

そのとき、アイさんがピコーンと何かを思いついて、しっぽと耳を立てました。

「六美！　アイさんこれ、みんなにあげたい！」

「みんな？」

「そう！　アオヌマさんとか、アカイさんとか。あと……ミズキさんとハクジャさんにも……。アイさんはいま、げんきだよって。だめだとおもっても、こんなおいしくなるんだよって」

各施設で監視下に置かれているタンポポ幹部の「虹花(にじばな)」たち。そして、そこにはいない人にも。

アイさんは、このラスクを届けたいというのです。

「子供の成長って早いのね」

「本当、いつも驚かされるな」

太陽様と六美様は目を合わせ、うれしさだけではない表情で、遠い何かに思いを馳せました。それは少しだけ寂しそうで、でも一瞬だけでした。

「よし！ そうと決まればたくさん焼きましょ！ アイさん、できる？」

「できるよ！」

やる気全開といった様子で、二人は作業に取り掛かります。

「殺香もありがとな」

「そんな、夜桜家のメイドとして当然のことをしたまでです」

残った私に太陽様がお声をかけてくださりました。

「アイさんがご立派で私はただ――」

「殺香ー！」

そのときラスクを焼きに行ったアイさんが何故か戻ってきました。

「どうされましたか？」

「これ！」

アイさんが渡してくれたのは、一切れのショートケーキ。そこに、プレートが載っています。しかし、それはホールの最上段にあったものではなく。

「殺香も！　いつもありがと！」

アイさんの字で、「殺香」と書かれていました。

「あ、ありがとうございます……」

突然のことに、私はそんな小さな声でのお礼しか言えませんでした。

アイさんは満足げに、タタッとラスクづくりに戻ります。

放心気味の私の肩に、太陽様が手を置きます。

「ほら、アイさんにも伝わってる。殺香のおかげで助かってることも、数えきれないくらいあるんだ。殺香がうちに来てくれて、本当によかった。俺からも、ありがとう」

私はもう一度そのケーキを見ました。まだ教えていない漢字ですが、ドリルには載っています。アイさんが私のために覚えてくれたのでしょうか。

私は、アイさんに、夜桜家に、よいものをもたらせているということでしょうか。

ショートケーキを一口運んでみました。いっぱいに広がる味は、試食したときよりも甘く、やわらかく、『幸せ』という文字が浮かんで――。

だば――――――。

理解が追い付いた次の瞬間には、決壊、しました。顔じゅうの穴から体液が止まりません。淑女としてあるまじき……しかし、このあふれる感動は止めようもありませんでした。

「う……うれしすぎます～！　もう死んでもいいです～！」

「はは、それは困るよ」

「一緒に死んでください～！」

「もっと困る！」

太陽様が針を避けてしまうので、幸せの絶頂での心中は失敗に終わりました。しかし、これもまた次につながると、そう思う殺香です。

ひとまず針はしまい、私はラスクづくりの手伝いに加わるのでした。

『どうですか？　本当に素晴らしい一日だったと思いませんか。

夜桜家に来てから、素晴らしくない日などないのですが、それでも今日は濃密な一日だったと言えます。撮った写真や動画の量も普段の倍くらいになっているので、あとで編集しないとですね。とても楽しみです。

殺香

これは夜桜さんち観察日記。夜桜さんの日々を綴(つづ)るものです。

アイさんの成長もそうですが、日記をつけていると、みなさまのいろんな面の変化に気がつきます。そして、みなさま昨日(きのう)よりもさらに輝かしい存在へと進化し続けています。

この日記帳が埋まるころには、いったいどんな夜桜家になっているのでしょうか。もしかしたら、また家族が増えているかもしれません。

そう思うと今からワクワクしてきました。

早く明日になって、早くみなさまの素晴らしさをまた日記に残したいです。次の日記も、必ず尊いものになるでしょうから』

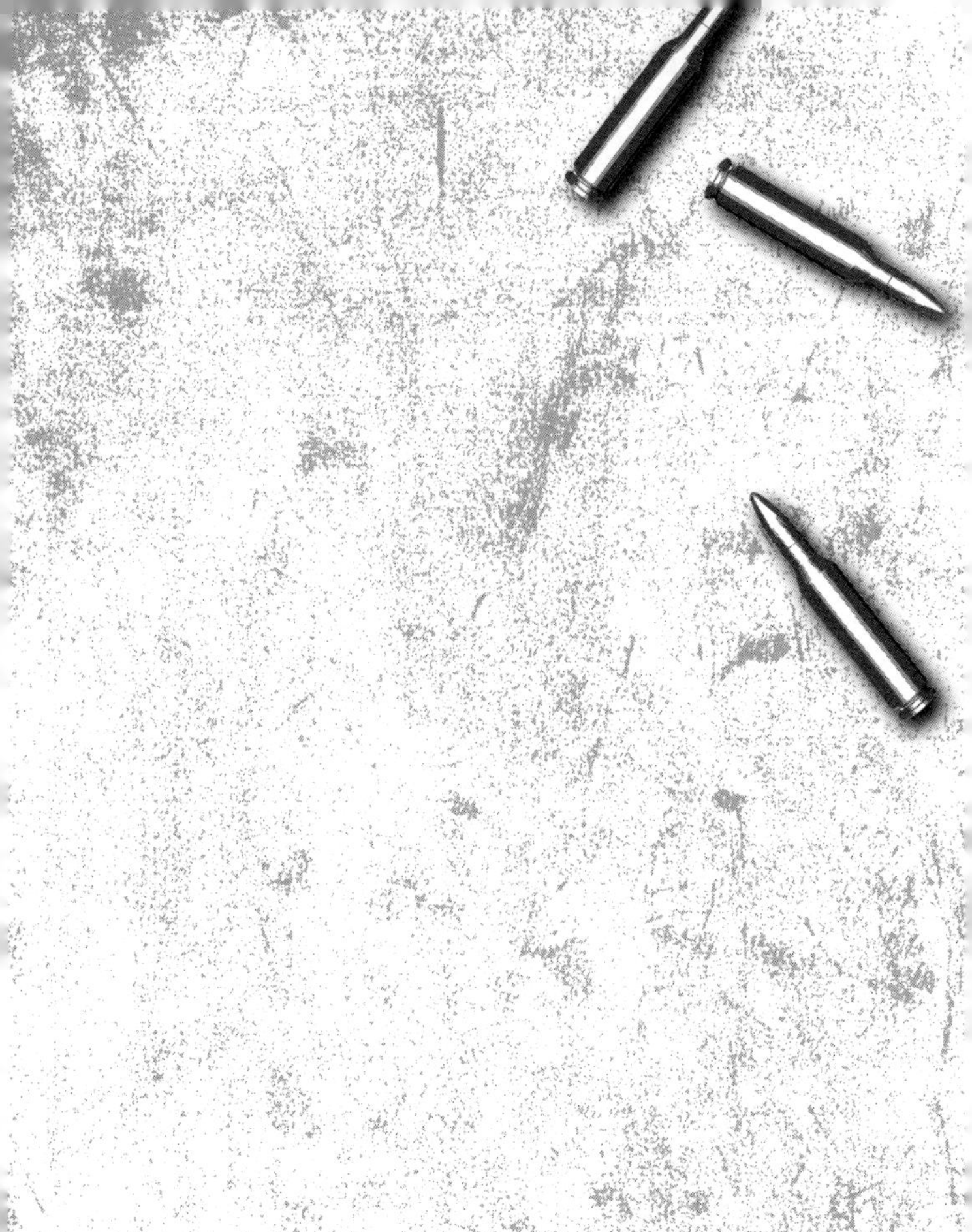

権平ひつじ

2011年、『IBIS』にて第43回JUMPトレジャー新人漫画賞佳作受賞。
2019年、「週刊少年ジャンプ」にて『夜桜さんちの大作戦』連載開始。
そのほかの作品に『ポロの留学記』など。

電気泳動

2021年、『今週の死亡者を発表します』にて第7回ジャンプホラー小説大賞銀賞受賞。

同作は電子書籍にて配信中。『夜桜さんちの大作戦　夜桜家観察日記』ノベライズ担当。

あとがき

まさかまさかの2冊目…!!
こんなステキなことがあって
いいのでしょうか。ありがたすぎてこわい…!!
相変わらずの兄妹たちに加え、
新たに登場したキャラたちや、
小説ならではの新要素にシチュエーションなどなど、
色々てんこもりでさらにパワーアップの2冊目でした!!
本文中のカットに加えピンナップ裏面も使いましたが、
それでも描き足りない名シーンの数々…!!
電気泳動先生、今回も素敵な物語を
本当にありがとうございました!!
そしてこの本を手に取って下さった
読者の皆様、まことにまことに
ありがとうございました…!!

権平ひつじ

あとがき

今回も『夜桜さんちの大作戦』を
ノベライズさせていただきました、電気泳動と申します

どんどん魅力を増す夜桜さんのキャラクターを
描く機会をいただき、光栄でした。
どの話も書いていて楽しかったですが、
特にクイズ編がお気に入りです。
(ついつい他の話より長くなってしまいました……)

ついに始まるアニメと一緒に、
夜桜さんの世界を盛り上げられれば幸いです。

また、この場を借りて謝辞を。
お忙しい中、素敵な原作を生み出しながら
小説版に目を通し、嬉しいご感想をくださった権平先生。
こうして本になるまでを支えてくださった関係者の皆様。
そして何より、この本を読んでくださった読者の皆様。
本当にありがとうございました!

電気泳動

■初出
夜桜さんちの大作戦　おるすばん大作戦編　書き下ろし

[夜桜さんちの大作戦] おるすばん大作戦編

2024年4月9日　第1刷発行
2024年7月10日　第3刷発行

著　者 ／ 権平ひつじ ◉ 電気泳動

装　丁 ／ 志村香織（バナナグローブスタジオ）

編集協力 ／ 株式会社ナート

担当編集 ／ 福嶋唯大

編集人 ／ 千葉佳余

発行者 ／ 瓶子吉久

発行所 ／ 株式会社　集英社

〒101-8050　東京都千代田区一ツ橋 2-5-10
TEL　03-3230-6297（編集部）
03-3230-6080（読者係）
03-3230-6393（販売部・書店専用）

印刷所 ／ 中央精版印刷株式会社

Printed in Japan　ISBN978-4-08-703545-2 C0293

検印廃止

JUMP
BOOKS